कालजयी

AF652304

स्लो इंप्रिंट की अन्य किताबें

मैं अक्सर सोचता हूँ

गाँव से बीस पोस्टकार्ड

जंगली फूलों सी लड़की

मैजिक बॉक्स

नीलेश मिसरा की दुनिया से जुड़ने के लिए स्कैन करें
नीचे दिया गया QR कोड

नीलेश मिसरा की प्रस्तुति

कालजयी

कहानियां
वेदों पुराणों से

छवि निगम • वृषाली जैन
शिखा द्विवेदी • अनुलता राज नायर

eka | SLOW IMPRINT

eka | SLOW IMPRINT

Published in Hindi as *Kaljayi: Kahaniyan Vedon Puranon Se* in 2024 by Eka, an imprint of Westland Books, a division of Nasadiya Technologies Private Limited, in collaboration with Gaon Connection Pvt. Ltd

No. 269/2B, First Floor, 'Irai Arul', Vimalraj Street, Nethaji Nagar, Alapakkam Main Road, Maduravoyal, Chennai 600095

B-36, First Floor, Flat No. 2, Panchsheel Vihar, Malviya Nagar, Behind Community Centre, New Delhi 110017

Westland, the Westland logo, Eka and the Eka logo are the trademarks of Nasadiya Technologies Private Limited, or its affiliates.

The Slow Imprint is a publishing initiative by Gaon Connection Pvt. Ltd

Copyright © Gaon Connection Pvt. Ltd, 2024

Chhavi Nigam, Vrishali Jain, Shikha Dwivedi and Anulata Raj Nair assert the moral right to be identified as the authors of their respective works.

ISBN: 9789360459109

10 9 8 7 6 5 4 3 2 1

This is a work of fiction. Names, characters, organisations, places, events and incidents are either products of the authors' imagination or used fictitiously.

All rights reserved

Typeset by Digiultrabooks Pvt. Ltd

Printed at Thomson Press (India) Ltd

No part of this book may be reproduced, or stored in a retrieval system, or transmitted in any form or by any means, electronic, mechanical, photocopying, recording, or otherwise, without express written permission of the publisher.

अनुक्रम

छवि निगम

बाल गणेश

बादलों के बीच हिमालय पर्वत की एक चोटी है जिसका देवताओं ने नाम रखा है—कैलाश। दूर-दूर तक फैले फूल और वनस्पतियों के भीतर से जैसे कोई सदाबहार रौशनी निकल रही हो। ऐसी भीनी सी शीतलता विद्यमान है जो रूह तक उतर कर हर दुःख दर्द, हर तकलीफ को दूर कर दे। कैलाश पर्वत ऐसी ही जगह है। भोले भंडारी शिव और उनकी पत्नी पार्वती जो रहते हैं यहां। उनके बेटे कार्तिकेय यहां नहीं है और लगता है उनके दूसरे पुत्र के इंतज़ार में ये कैलाश पर्वत जैसे दम साधे बैठा हुआ है।

शिव का राज्य है ही दिग दिगन्त तक फैला। तीनों लोकों और चारों दिशाओं, सभी की देख रेख बहुत प्यार से करते हैं शिव और पार्वती। ये बात अलग है कि क्रोध आ जाये तो फिर वे विनाश की चरमसीमा तक भी पहुंच सकते हैं। इस समय भी शिव शंभु पूरे विश्व का भ्रमण करके किसी भी वक़्त वापस कैलाश पर्वत पर लौट सकते हैं। इसीलिए तो सभी रक्षक, भक्त आदि उनके स्वागत की तैयारियों में जुटे हुए हैं। सबको आज शिव के लौटने की प्रतीक्षा है।

कैलाश के मध्य में कहीं उसकी धवल चोटियों से ढकी हुई एक दिव्य गुफ़ा है। वहीं शिव पार्वती का निवास स्थान है। वहां इस समय अच्छी चहल पहल है। सारी सेविका-सखियां पार्वती के शृंगार की तैयारियों में लगी हुई हैं। कोई फूलों की वेणी बना रही है, तो कोई उबटन के लिए चंदन का लेप तैयार कर रही है। किसी के हाथों में सुगंधित तेल का पात्र है तो

कोई पार्वती के वस्त्रों को सजा-संवार कर व्यवस्थित करके रख रही है। शीघ्रता से काम समाप्त करके वो सब लौट गईं। लेकिन अब पार्वती कुछ परेशान हैं। उन्हें स्नान के लिए देर हो गई। अब समस्या ये है कि इस समय सब अपने-अपने कामों में व्यस्त हैं। दरवाजे पर खड़ा होने के लिए कोई भी नहीं। कहीं उनके स्नान के बीच में ही कोई भीतर आ गया तो?

तभी एक गण दौड़ता हुआ आया और सेविका को कुछ सूचना देकर वापस लौट गया। उस सेविका ने फूलों की टोकरी नीचे रखी और तेजी से अंदर की ओर चली गई। वहीं जहां पार्वती अपने शिव का इंतज़ार कर रही हैं। सेवकों के चमकते चेहरे और उल्लास से थिरकते कदमों से स्पष्ट है कि शिव अब कैलाश के बाहरी घेरे यानी अपने घर के और पास आ चुके हैं।

उधर पार्वती को जितनी बेचैनी से अपने पति शिव की प्रतीक्षा है, उतनी ही इस वक़्त थोड़ी उलझन भी है। उनका स्नान अभी बाक़ी है। अब कोई तो हो जो उनके कक्ष के दरवाज़े पर पहरा दे। वरना कौन जाने कहीं शिव के आने की सूचना देने को कोई बेहद उत्साहित उनका गण अचानक सीधे अंदर ही न चला आये। तो अंत:पुर की रखवाली होगी कैसे? अब द्वार रक्षक बनेगा कौन?

पार्वती की ये दुविधा कोहरे की भांति पसरती जा रही थी और जब ये धुंध छंटी तो वहां एक बहुत सुंदर बालक खड़ा था। पार्वती के बगल में खड़ा बिल्कुल उन्हीं का प्रतिरूप लग रहा था। उनका बेटा! पार्वती उसके माथे को प्यार से चूम कर उसके घुंघराले बालों को ममता से सहला रही थीं। वो बालक भी उनसे लिपटा हुआ मुस्कुरा रहा था। उसकी बड़ी बड़ी चमकीली आंखें अपनी मां के चेहरे पर एकटक लगी हुई थी। मां पार्वती की आंखों से दुलार छलका पड़ रहा था। किसी योग से उस बालक का जन्म हुआ हो या पार्वती के उबटन से उसकी रचना हुई हो, यह किसी को ज्ञात नहीं। लेकिन उन दोनों में अनुपम स्नेह की झलक देखकर कैलाश पर्वत की अंतरात्मा तृप्त हो रही थी।

पार्वती का हृदय प्यार से छलका जा रहा था। उनके दिल का टुकड़ा ही तो था उनका यह बेटा। वे नज़रें भर कर उसकी तरफ देख भी नहीं पा रही थीं कि कहीं उनके बेटे को उन्हीं की नज़र न लग जाये। इतना सुंदर बच्चा प्रकृति ने भी कहां देखा था! अपनी मां का आंचल थामे वह मुस्कुराया तो मानो नेह से शिलाएं भी पिघलने लगीं। पेड़ों ने झूम कर दिव्य फूलों की जैसे बरसात कर दी। हर ओर ख़ुशबू फैल गई। लताएं डालों से लिपट गईं और पंछी शहद सी आवाज़ से हवा में रस घोलने लगे। पार्वती ने अपनी अंगुली के छोर से अपनी आखों से काजल लेकर उस बच्चे के चौड़े माथे के दायीं ओर एक डिठौना लगा दिया। वही काला टीका जो माएं अपने बच्चे को बुरी नज़र से बचाने को लगाती हैं। लेकिन उससे तो उनके पुत्र की मासूमियत और भी बढ़ गई। पार्वती ने बरबस उसे खींचकर हृदय से लगा लिया। दोनों इसी तरह खड़े रहे...समय जैसे थम गया। अचानक दूर से आवाजें सुनाई दीं। उनका ध्यान टूटा। लगता था शिव की सवारी नज़दीक आ रही थी। पार्वती ने बेटे के गालों को चूम उसके सर पर आशीष का हाथ रखा। फिर उसे द्वार की सुरक्षा का आदेश देकर तेज़ी से दरवाजे के भीतर चली गई।

मां का आदेश सिर माथे!

उस बालक ने फ़टाफ़ट वहीं पड़े तिनकों, टहनियों, लताओं आदि को समेटकर एक बचकाना सा धनुष तैयार कर लिगा। कुछ तीर भी बना लिए और मुस्तैदी से ऐसे खड़ा हो गया मानो मां की सुरक्षा का सारा दारोमदार अब उसके दो नन्हें कन्धों पर ही हो। एक हिरण वहां भटकते हुए आ गया तो उसके मासूम चेहरे पर मुस्कान आ गई। लेकिन वो हिरण जब दरवाजे की ओर बढ़ा तो एक तीर ने उसका रास्ता रोक दिया। बिना कोई नुकसान पहुंचाए।

उधर दूर सुनाई देता शोर अब ख़ुशी के कोलाहल में बदल रहा था। कैलाश पर्वत पर शिव के चरण पड़ चुके थे। अब वे तेजी से इसी ओर बढ़े चले आ रहे थे। अकेले। फिर कुछ क्षणों बाद ही वे पार्वती के कक्ष के

सामने खड़े थे। अपनी पत्नी को वहां स्वागत के लिए मौजूद न पाकर उनकी अधीरता हैरानी में बदल गई। उत्कंठा से भरे वे दरवाजे की ओर बढ़े ही थे कि एक सनसनाते तीर ने शिव का रास्ता रोक लिया। उनके कदम ठिठक गए। एक निगाह उस बांस के बने पर नुकीले तीर पर डालकर उन्होंने दूसरी ओर देखा। उस दिशा में जहां से वो तीर आया था। शिव की हैरानी दोगुनी हो गई जब उन्होंने एक प्यारे से बच्चे को हाथ में धनुष पकड़े प्रत्यंचा चढ़ाए देखा।

उसके भोले से चेहरे को देखकर शिव के अंदर प्रेम उमड़ने लगा। उसके घुंघराले बालों पर उनका हाथ खुद ब खुद चला गया। "तुम कौन हो बेटा? यहां कैसे आ गए?"

लेकिन बच्चे के पास ये सूचनाएं तो थी ही नहीं। वैसे भी उसका काम तो बस एक ही था—मां के कक्ष के अंदर किसी को भी न जाने देना। तो सिर्फ अपनी मां को पहचानने वाला ये बालक सिर्फ उनकी ही बात मान सकता था। सो चुप खड़ा रहा।

शिव ने अपनी आवाज में मुलायमियत लाते हुए उसे किनारे हटाने की कोशिश की, "जाओ बेटा, कहीं और जाकर खेलो।" ये कहने के बाद उन्होंने एक कदम आगे बढ़ाया ही था कि दूसरा तीर उनके बिल्कुल पास से सनसनाता निकल गया। वे तमतमा उठे।

शिव के चेहरे पर बढ़ती जा रहीं ग़ुस्से की लकीरें गहराती जा रही थीं। हर ओर एक अजीब सी ख़ामोशी छा गई थी। पूरी कायनात ने जैसे धड़कना बन्द कर दिया था। पूरी सृष्टि उस वक़्त एक घेरे में सिमट कर रह गई थी। जिसमें एक तरफ सांवले बलिष्ठ बदन वाले सर पर जटाजूट बनाये एक हाथ में अपना त्रिशूल पकड़े महाबलशाली शिव खड़े थे, तो दूसरी ओर गोरा कोमल शरीर वाला वह बच्चा खड़ा था जो मुश्किल से उनकी कमर तक पहुंच पा रहा था। घुंघराले बालों के बीच उसका मासूम चेहरा बादल में चांद सा चमक रहा था, जिस पर शिव जैसा ही तेज झलक रहा था। पार्वती के जैसी उसकी बड़ी बड़ी आंखों में इस समय शिव के प्रति

ग़ुस्सा था क्योंकि वे उसकी मां की इच्छा के विरुद्ध जा रहे थे। इसीलिए उसके कोमल गुलाबी होंठ दृढ़ता से भिंचे हुए थे। उसका धनुष भी छोटा सा था पर उसे मजबूती से पकड़ने वाले नन्हें हाथों की नसें खिंची हुई थीं। मां के कक्ष में वह किसी को जाने नहीं दे सकता था। फिर चाहे वह कोई भी हो।

जिनका ग़ुस्सा प्रलय ला सकता है वह शिव बड़ी मुश्किल से अपने ग़ुस्से पर काबू करने की कोशिश कर रहे थे। और कोई वक़्त होता। तो शायद वे उस बच्चे के साथ बातचीत करते। विनोद करते। उसे प्यार से समझाते। पर इतने दिनों बाद लौटे अधीर शिव से दरवाजे के अंदर जाने से रोका जाना सहन नहीं हो रहा था। उनके साथ ऐसा पहले कभी नहीं हुआ था। उन्होंने ग़ुस्से से उस बालक की ओर चेतावनी देते हुए घूरा। उनके त्रिपुण्डधारी माथे के बल और आंखों में उभर आये लाल डोरे किसी भी देवता, दैत्य, भूत, प्रेत, गण वगैरह को दहला देते।

लेकिन दरवाजे के सामने डटे उस मासूम चेहरे पर कोई असर नहीं हुआ। अबकि शिव ने उसे बलपूर्वक एक तरफ हटाते धक्का दे ही दिया। और ग़ुस्से से आवाज़ लगाई, "पार्वती!" उनके इस नाद से पार्वती सिहर उठीं। उनके पति उनके अनुमान से जल्दी कैसे आ गए थे? और इतना ग़ुस्सा किस पर कर रहे थे? कहीं अपने बेटे पर ही तो नहीं? जल्दी-जल्दी तैयार होकर वो बाहर की तरफ दौड़ीं। दरवाजे के पट खोल बाहर को बढ़ीं और अवाक् रह गईं। दरवाजे के सामने उनके पुत्र ने शिव को रोकने के लिए तीरों की बाड़ लगा दी थी। कुछ तीर शिव को चुभ भी गए थे जो अब ग़ुस्से से कांप रहे थे।

"रुकिए नाथ!" चीख़ते हुए पार्वती ने तीरों की दीवार के पार जाने की कोशिश की, पर तब तक शिव क्रोध की वो देहरी लांघ चुके थे जिसके आगे कुछ सुनने, सोचने और समझने की ताक़त खो जाती है। सामने खड़े मासूम बच्चे के लिए तो यह केवल आज्ञापालन था, जिसके लिए मां उसे शाबाशी देने वाली थीं, क्योंकि उसने किसी को भी अंदर जाने नहीं दिया

था। अंदर-ही-अंदर उसके कोमल हृदय में उथल-पुथल हो रही थी। उसका भोला मन कर रहा था कि अपने धनुष बाण को नीचे रखकर सामने खड़े इस अपरिचित की गोद में चढ़ जाये उनके कलेजे से लग जाये। लेकिन फ़िलहाल तो कर्तव्य जरूरी था। उसका इरादा बाद में शिव के पैरों से लिपटने का ही था, शायद तभी उसके कसे हुए गुलाबी होठों पर मीठी सी शरारती मुस्कान थी।

उधर शिव अपना आपा खो बैठे थे। ग़ुस्से से आगबबूला होकर उन्होंने अपने त्रिशूल से उसपर वार कर दिया। पार्वती दौड़ कर सामने आईं। पर उससे एक क्षण पहले ही उनके प्यारे बेटे का सिर धड़ से अलग हो चुका था।

पार्वती सन्न खड़ी रह गईं। फिर दुःख से जमीन पर लोट गईं। उनका गला इस कदर रुंध गया कि चीख तक न निकल पाई। अपने पुत्र का सर गोद मे रखकर वो निःशब्द विलाप करने लगीं। यह देख महादेव शिव हतप्रभ रह गए। उन्हें अपनी ग़लती का कुछ-कुछ एहसास होने लगा। कौन था यह बच्चा? जिस पत्नी से मिलने की उत्कंठा में इस नन्हें बालक पर उनका ग़ुस्सा निकल आया था, उससे लिपटकर पार्वती इस तरह क्यों बिलख रही थीं? क्यों उन्हें ऐसा लग रहा था कि उनके अंदर भी कुछ टूटकर बिखर रहा हो। उन्होंने एक गहरी सांस लेकर अपनी आंखें लीं। चन्द बूंदें उनके गालों पर अनायास ही ढुलक आईं। उन्होंने आगे बढ़कर पार्वती की पीठ पर अपना हाथ रख दिया। अपने ही अंश को आघात पहुंचाने का एहसास उन्हें बेहद आहत कर गया था। अब उनके व्यवहार में हैरत नहीं, बल्कि बहुत दुःख तकलीफ़ और पश्चाताप था।

पार्वती ने उन्हें पलट कर देखा तो कुछ सिहरकर वे चन्द कदम पीछे हट गए। उन आग उगलती लाल आंखों के सिरों पर बर्फ़ का ठंडापन था। एक बेहद आहत मां की आंखें थीं वे।

अपने बेटे का कटा हुआ सर गोद में रखी पार्वती कोई देवी नहीं, बल्कि किसी शहीद बेटे की मां नज़र आ रही थीं। जो चीत्कार उनके भर्राए

कंठ से निकल रही थी, उसमें गहरा दर्द, नाराज़गी, बेबसी और तकलीफ़ थी। अपने पति पर बहुत ग़ुस्सा था, जो ज्वालामुखी की तरह फूट पड़ा था। भूमण्डल के कोने-कोने तक उनके इस दर्द की पुकार पहुंचने लगी। सारे देवी-देवता स्तब्ध होकर कैलाश पर्वत की ओर रुख करने लगे। लेकिन इस अनिष्ट के बारे में जानने के बाद भी वह उन्हें ढांढस बंधाने का साहस नहीं कर पाए। शोकाकुल शिव की तरह ही उनकी भी पार्वती के पास जाने की हिम्मत नहीं हुई।

इस बीच जाने कितना समय बीत गया। सारे देवतागण अब शिव पार्वती के इर्दगिर्द घेरा बनाये खड़े थे। जाने क्या मंत्रणा हुई जाने वे किस निष्कर्ष पर पहुंचे लेकिन अब उनके चेहरे पर दुःख और शोक की बजाय इस वक़्त आशा झलक रही थी। दूर खड़े कैलाशवासी कयास लगाने लगे कि क्या किसी तरीके से बालक का कटा सर जोड़कर उसे फिर से जीवित किया जा सकेगा? हाँ ये सम्भव था। इस शल्य चिकित्सा विज्ञान के तो ढेरों उदाहरण थे। तभी वहां एक गण भागता हुआ आया। उसके हाथों में एक शीश यानी सर था। पर किसी देवता या मानव का नहीं, हाथी का। तो क्या!

एक बार फिर उस स्थान को गहरी धुंध ने ढक लिया और जैसे ही वो छंटी, पूरा विश्व हैरान रह गया। शिव की गोद में उनके पुत्र का शरीर था। ऐसा शरीर जिसका सिर अब हाथी का था। पार्वती की आंखों गें आंसू थे। शायद राहत महसूस करती हों कि इस रूप में ही सही उनका बेटा जीवित तो था। फिर भी उनके भीतर की मां अपने पति को माफ़ नहीं कर पा रही थी।

उधर सभी देवतागण उस बच्चे के शीश पर स्नेह से हाथ फेरने लगे। तय हुआ कि शिव के सभी गण इसे ही अपना इष्ट मानेंगे। उसका नाम रखा गय। गणेश। बड़ों के आशीष में सचमुच बहुत शक्ति होती है क्योंकि देखते देखते बाल गणेश का तेज सैकड़ों गुना बढ़ने लगा। सबने कहा कि किसी भी शुभकर्म में सबसे पहले पूजा गणेश की ही होगी। सम्भवतः प्रथमेश यानी देवताओं में प्रथम पूजनीय इष्ट कौन होगा? इसका सर्वसम्मति से

और सर्वमान्य निर्णय हो सके, इसके लिए ही यह पूरी लीला रची गई हो। ये तो परमेश्वर को ही ज्ञात हो सकता है।

पार्वती के चेहरे पर अब संतोष था। शिव के चेहरे पर ममता और गणेश के चेहरे पर मुस्कान। एक बार फिर कैलाश पर्वत पर खूब रौनक थी। शिव परिवार के तीनों सदस्य अब एक साथ भीतर कक्ष की ओर जा रहे थे।

एक और कुरुक्षेत्र

यह है कुरुक्षेत्र।

इस वक़्त सूरज डूबने के बाद का युद्ध विराम हो चुका है। मैदान में शांति है पर दोनों सिरों पर बंधी सेनाओं के शिविरों में हलचल है। अगले दिन की रणनीति पर चर्चा हो रही है। आहतों का उपचार हो रहा है। अस्त्र-शस्त्र चमकाये जा रहे हैं। हाथी-घोड़ों की देखभाल और रथों की मरम्मत की जा रही है। सैनिक आराम कर रहे हैं और एक दूसरे के हालचाल भी जान रहे हैं। बाकी जगह सन्नाटा है।

इसी सन्नाटे के बीच पांडवों का जो सबसे बड़ा और सुंदर शिविर है, उसका पर्दा धीरे-धीरे खुल रहा है। भीतर से एक कुलीन स्त्री निकल रही हैं, जो पहरेदारों के बीच से होते हुए नीरव मैदान की ओर बढ़ती जा रही हैं। उन्होंने सुनहरे किनारे वाली सफेद रेशमी साड़ी पहनी है और उनका जूड़ा खुल के कंधे के नीचे लटक रहा है। उनका तेजस्वी चेहरा मुरझाया हुआ है। उस पर परेशानी और व्याकुलता की रेखाएं खिंची हुई हैं। ये पांच प्रतापी पांडवों की राजमाता कुंती हैं। प्रतापी राजा पृथुसेन की बेटी, स्वर्गीय महाराजा पांडु की पत्नी, कृष्ण की बुआ। कितनी सारी पदवियां हैं इनकी। जब इनके जेठ महाराजा धृतराष्ट्र के पुत्र दुर्योधन ने धोखे से पांडवों से उनका इंद्रप्रस्थ हथिया के उन्हें वनवास पर भेज दिया था, तब कुंती ही थीं जिन्होंने अपने बेटों का आत्मबल बनाये रखा और उन्हें एक भावी महायुद्ध की संभावना के लिए तैयार भी करती रहीं।

कुंती की आशंका सही साबित हुई।

हस्तिनापुर के इस विशाल मैदान पर कौरवों और पांडवों के बीच भीषण युद्ध चल रहा है। कौरवों के कुशल सेनापतियों जैसे भीष्म पितामह, द्रोणाचार्य, कृपाचार्य आदि के जाने के बाद अब कर्ण सेनापति बनाये गये हैं। उनकी ताक़त, उनके कवच कुण्डल तो इंद्र पहले ही ले जा चुके हैं। लगता तो है कि पांडव बस जीत की कगार पर हैं। लेकिन कर्ण भी वीर योद्धा हैं। ऊपर से अपने दोस्त दुर्योधन का एहसान चुकाने के लिए उन्होंने अर्जुन को मारने की ठान भी रखी है। यहां कांटे की टक्कर है।

खैर कुरुक्षेत्र में लड़ाई तो कल होगी। लेकिन इस समय कुंती के चेहरे पर जो भावनाएं है, वे इस युद्ध से कहीं ज्यादा उग्र और बड़ा भूचाल लाने वाली हैं। उनके भीतर एक और कुरुक्षेत्र जो दहक रहा है। हालांकि उनके दिल की उथल पुथल का कारण जानना मुश्किल है, क्योंकि वे तो इस लड़ाई की लम्बे समय से साक्षी रही हैं। फिर अब अचानक क्या हुआ? क्यों आज उनका धीरज छूट रहा है?

कोई गहरी वजह है जो बेहद उद्विग्न नज़र आती कुंती इधर-उधर टहलते हुए अब इसी पेड़ के पास दूसरी तरफ बैठ गई हैं। युद्ध में फिलहाल पांडवों का पलड़ा भारी है, लेकिन कुंती के चेहरे पर उल्लास या जीत की ख़ुशी की कोई रेखा नहीं है। बल्कि जिस तरह वे मैदान के उस पार कौरवों के सेनापति कर्ण के शिविर की ओर देख रही हैं उसमें तड़प, दर्द, व्याकुलता और बहुत सारी ममता दिखाई पड़ रही है। बार-बार वे उठती हैं, बैठती हैं, गहरी कश्मकश में कभी दो-चार कदम आगे बढ़ाती हैं, फिर धीरे-धीरे लौटकर पेड़ का तना थाम लेती हैं।

शायद वे कौरवों के सेनापति कर्ण से मिलना चाहती हैं। पर इसमें इतनी विवशता, इतना असमंजस क्यों है? इसे समझने के लिए देवी कुंती को समझना पड़ेगा। उन्हीं तेजस्विनी कुंती को जिनकी बेहद शांत, सन्तुलित और गरिमामयी छवि रही है हस्तिनापुर में। लेकिन अब अकेले में जैसे उन्होंने वह नक़ाब उतार के रख दिया था। उनके हृदय के उतार-चढ़ाव अब बहुत अच्छे से दिखाई दे रहे थे।

वे यादों में धीरे-धीरे सालों पीछे चलती चली जा रही थीं। बहुत पीछे उस दौर में जब उस अल्हड़ किशोरी के जीवन में निर्णायक पल आने वाले थे।

"राजकुमारी पृथा! महाराज स्मरण कर रहे हैं," दासी की आवाज सुनकर 15-16 साल की कुंती ने अपनी गोद में बैठे कबूतर को एक बार प्यार से सहलाया और धीरे से उड़ा दिया। वे बगीचे से दौड़ती हुई अंत:पुर की ओर चल दी। सोच रही थी कि क्यों बुलाया होगा पिताजी ने? शायद किसी देश से कोई अनुपम भेंट आई हो या सखियों के साथ कहीं विहार पर जाने का निमंत्रण आया हो। लेकिन चपलता से दौड़ते उनके कदम महल की दहलीज़ पर जाकर ठिठक गए। पिताजी और माताजी किसी गहरी चिंता में धीरे-धीरे बातें कर रहे थे। उसे देख दोनों चुप हो गए। कुंती का दिल अनजानी आशंका से धड़कने लगा।

"पुत्री आज एक कठिन उत्तरदायित्व सौंपना है आपको।" अब कुंती समझ गई थी कि कोई गम्भीर बात है। उसकी हिरणी सी सुंदर आंखें मां के चेहरे पर टिक गई। तभी महाराज की भारी आवाज़ गूंजी, "कल प्रातः ऋषि दुर्वासा पधार रहे हैं। उनकी सेवा सत्कार का पूरा भार तुम पर ही रहेगा।" कुंती के हाथों से फूलों की माला टूटकर बिखर गई। ये ऋषि दुर्वासा तो वही थे जिनका ग़ुस्सा विख्यात था। वे महान तपस्वी थे, लेकिन न वरदान देने में आगा पीछा सोचते थे, न शाप देने में। उनको प्रसन्न करना आसान काम नहीं था।

कुंती की सोच का चक्र तेज़ी से घूम रहा था। उतनी ही गति से उनके कर्मों का चक्र भी। अतिथि-सत्कार के इस दायित्व को निभाने में वे सफल रही थीं। बदले में दुर्वासा ने उन्हें वरदान दिया कि वे जिस किसी देवता का ध्यान करेंगी, उनसे उन्हें पुत्र प्राप्ति हो जायेगी। ऋषि दुर्वासा के जाने के बाद जिज्ञासा के मारे अल्हड़ कुंती को बस एक बार वरदान जांचने का मन हुआ।

वैसे उस उम्र में सोचना समझना आता भी किसे है! खिड़की से झांका तो सूरज लुभावना लगा। बस चंचलता से उसे देखते हुए उन्होंने दुर्वासा के

मंत्र दोहरा दिए। सूर्य देवता तत्काल आ भी गए। घबराई कुंती ने उन्हें वापस जाने को कहा लेकिन वे मंत्र में बंधे विवश थे। कुंती को अपना पुत्र सौंप वे वापस चले गए। कुंती डरीं, क्रोधित भी हुईं, लेकिन सूर्यपुत्र को गोद में लेते ही कुंती का दिल उमड़ आया। कवच कुण्डलों में कितना सुंदर दिखता था उनका पहला बेटा। उसे कर्ण नाम से पुकार कर कुंती ने उसके माथे को प्यार से चूमा, तो वह मुस्कुरा दिया।

कुंती की आंखें भर आईं। वह जानती थीं कि उनके हिस्से सिर्फ पीड़ा और कलंक आया था। बिनब्याही मां के बेटे को समाज कैसे स्वीकार करता! इसलिए एक टोकरी में कर्ण को रखकर कुंती ने उसे मां गंगा में बहा दिया। उसके बाद भी वे चुपचाप बरसती आंखों से सारी रात उसका पीछा करती रहीं। सुबह उन्होंने देखा कि एक रथ हांकने वाले अधिरथ ने नदी से उस टोकरी को पाकर उसमें से कर्ण को निकाल अपनी पत्नी राधा की गोद में डाल दिया था। लौटते हुए कुंती के मन में थोड़ी राहत थी। कर्ण से बिछड़ने का दुःख था। समाज और दुर्वासा ऋषि पर ग़ुस्सा था। राधा से जलन थी और यह उम्मीद कि कभी न कभी कर्ण उनके पास अवश्य होगा।

इस घटना के बाद जैसे अचानक बड़ी हो गई थी कुंती। कुछ समय बाद जब राजकुमार पांडु की ओर से शादी का प्रस्ताव आया तो पिताजी ने उन्हें बुलाया। कुंती के मन में केवल एक प्रश्न आया। क्या पांडु, कर्ण को लेकर उनके मनोभाव समझ सकेंगे? क्या वे अपना पाएंगे उसके पहले पुत्र को?

वरमाला पहनाते हुए कुंती की निगाहें पहली बार पति से मिलीं। हृदय में पहली बार ऐसी भावनाएं जागीं जैसी पहले कभी महसूस नहीं की थीं। महाराज पांडु से उन्हें प्रेम हो गया था। विवाह से उनकी उम्मीदें और प्रबल हो उठीं। रस्में सम्पन्न हुईं। फिर उनकी प्रतीक्षा शुरू हुई। उस शाम वे धड़कते और आतुर दिल से अपने पति का इंतज़ार कर रही थीं। हर आहट पर उनकी निगाह दरवाजे पर जाती और निराश हो लौट आती। उन्हें तो

लगा था कि पांडु कोमल और रूमानी दिल के हैं। लगा था शायद वे अच्छे दोस्त साबित हो सकते हैं। पर वह रात यूँ ही गुज़र गई। पांडु नहीं आए।

अगले दिन महाराज पांडु की सच्चाई नववधू कुंती पर बिजली सी गिरी। जब उन्हें पता चला कि उनका साथ पति के लिए जानलेवा हो सकता है, तब उनकी प्यार भरी कोमल भावनाओं ने दम तोड़ दिया। उन्होंने तो सोचा था पांडु के प्रेम से शायद कर्ण को वापस लाने का कोई जरिया मिल जाए। लेकिन तब तक माद्री से दूसरा विवाह करके पांडु ने कुंती के विश्वास को पूरी तरह कुचल दिया।

उस दिन रानी कुंती अपने महल में किसी कुम्हलाये फूल की तरह बैठी थीं। रेशम से उनके बाल उलझे हुए थे। बहुमूल्य कपड़े बेतरतीब थे। खूबसूरत चेहरा निस्तेज पड़ा था। चंदन का उबटन लगाने आई दासी को उन्होंने लौटा दिया था। क्या फायदा था साज श्रृंगार का! कीमती जेवर कपड़ों का!

तभी अपनी सास की प्रार्थना ने उन्हें उठ के खड़ा होने पर मजबूर कर दिया था। "रानी कुंती पांडव वंश हेतु उत्तराधिकारी सौंपने का दायित्व अब तुम्हारा ही है।" और संस्कारवश कुंती को फिर से दुर्वासा के उसी वरदान को इस्तेमाल करने पर मजबूर होना पड़ा था। उन्होंने धर्मराज, वायु, और इंद्र देवताओं का आह्वान करके तीन पुत्रों युधिष्ठर, भीम और अर्जुन को पाया और माद्री ने भी अश्विनी कुमारों के माध्यम से नकुल और सहदेव को जन्म दिया। एक आशा भी थी उनके मन में कि जब उनके पति वरदान से उत्पन्न इस बच्चों को प्यार करेंगे तब वे अपने कर्ण के बारे में बात जरूर करेंगी। और अगर महाराजा पांडु कर्ण को भी अपना पुत्र मान लेंगे तब समाज का कोई डर भी नहीं रहेगा। उनका बेटा उनके पास आ जायेगा। लेकिन असमय ही पांडु की मृत्यु ने उनकी ये उम्मीद भी तोड़ दी। अकेले ही पांच पांडवों को पाल पोस कर बड़ा करना और उन्हें उनका राज्य दिलवाने की ज़िम्मेदारी भी कुंती पर ही आ गई।

इस कठिन दौर में भी जब वह सुनतीं कि उनके कर्ण को सूतपुत्र कहकर

अपमानित किया जाता है, तब उनका दिल छलनी हो जाता। वह यह भी देखतीं कि चालाक दुर्योधन कर्ण को अपनी तरफ खींचता जा रहा है, पर वह कुछ कर नहीं सकती थीं। यह किस कलम से विधाता से भाग्य लिखा था उनका?

समयचक्र में बंधी कुंती इस वक़्त कुरुक्षेत्र के मैदान के छोर पर बंधी यही विचार रही थीं। लेकिन मन था जो यादों के पायदान चढ़ता जा रहा था। उस पल पर जब न चाहते हुए भी उन्हें हस्तिनापुर जाना पड़ा था। जहां पहले पांडु राजा थे, वहां अब कौरवों का राज्य था। अब कुंती को अपने बेटों का हक़ वापस मांगना था। वे अपने पांचों बेटों के साथ एक सजीले रथ पर सवार थीं। उनकी आंखों में केवल विवशता, अनिच्छा और अपने बच्चों की सुरक्षा के लिए डर था। दिखावे को उनका स्वागत हो रहा था। पर कुंती सोच रही थीं काश कहीं तो कोई जगह होती जहां वे इन राज काज के झंझटों से दूर अपने पुत्रों के साथ सुकून से रह पाती।

तभी उनकी नज़र सारथी पर पड़ी। जैसे कलेजा मुँह को आ गया। इस कवच और ये कुण्डल वे पहचानती थीं। ये तो कर्ण था। जब जब उन्होंने अपने बाक़ी पांचों बेटों को प्यार और आशीर्वाद दिया था, मन में पहली सूरत राधा के घर में पलते अपने छठे बेटे कर्ण की ही उभरी थी। काश अपने इस बेटे को गले से लगाने की अनुमति उन्हें मिली होती।

उन्होंने मुड़कर पांडवों को देखा। इच्छा हुई उन्हें बता दें कि यह सूतपुत्र, यह कर्ण तुम लोगों का ही बड़ा भाई है। पर फिर से उनके भीतर की रानी ने एक मां को रोक दिया। न रथ की रफ़्तार थमी, न जीवन की। समय का पहिया आगे घूमता चला गया।

इस वक़्त यह शांत पड़ा युद्ध का मैदान उनके अंदर चल रही कशमकश महसूस करके कांप उठा है। कुरुक्षेत्र के निर्जन धुंधलके में बजाए राजमाता के सिर्फ़ एक अधीर स्त्री दिखाई देती है जो इस समय पुरानी यादों में उलझी हुयी विवश बैठी हुयी है। वह सामने कर्ण के शिविर की ओर जाने का साहस नहीं जुटा पा रही है और ऐसा वह आज ही नहीं हर रात करती आई

हैं। तब जब कर्ण अधिरथ की बाँहों में था, जब उसे अपना रथ हांकते देखा था और जब सभा में उसे सूतपुत्र कहकर अपमानित किया जा रहा था। और हर रात जबसे कुरुक्षेत्र का युद्ध शुरू हुआ था। आज इस झंझावात का चरम था। कल के शंखनाद के बाद कर्ण अपने ही पांडव भाइयों के खिलाफ कौरवों के सेनापति की तरह लड़ेगा। कुंती का हृदय फटा जा रहा था। यह धर्मयुद्ध उन्हें दो पाटों के बीच पीसे जा रहा था।

एक तरफ उनके पांच बेटे हैं, जिनका जीतना धर्म की स्थापना के लिए बेहद जरूरी है। लेकिन दूसरी तरफ भी उन्हीं का बेटा कर्ण है, जिसे अपनाने को वह तरसती रही हैं। कोई नहीं जानता पर उनके मन्दिर में पुत्रों के नाम के हमेशा छः दीपक जलते हैं, पांच नहीं। वह जो एक दीया ज़रा आड़ में जलता है, जिसकी लौ सबसे तेज जला करती है, वह कुंती अपने बेटे कर्ण के नाम का जलाती हैं। हर बार जब वह ईश्वर से सलामती की दुआ करती हैं तो वह पांचों पांडवों के लिए भी होती है और कर्ण के लिए भी। वह अंदर कहीं जानती हैं कि एक कर्ण उनके पांच बेटों पर भारी पड़ सकता है। इसीलिए तो आज वो निश्चय करके आयी हैं कि कर्ण से मिलकर ही जाएंगी। कल के युद्ध से पहले ही जाकर उसे अपने जन्म की सच्चाई बताकर समझाना होगा कि वह अपने भाई पांडवों का साथ दे। यह सच उसे कितनी चोट पहुंचाएगा, उसके दर्द को कितना गहरा कर देगा, सोचकर एक मां का दिल टूटा जा रहा था।

सचमुच कैसी विडंबना थी। पूरी ज़िन्दगी वह जिस समाज और परिवार की वजह से आज तक अपने बेटे को अपना नहीं सकीं, उसी कर्ण के पास आज वह जा भी रही हैं तो उसी समाज और परिवार की खातिर। चाहे इससे वही बेटा आहत होकर उनसे फिर दूर चला जाए।

युद्धक्षेत्र के परे जिस पेड़ का सहारा लेकर वह खड़ी थीं, अचानक उससे एक टहनी टूटकर नीचे गिर पड़ी। उसी पल किसी चिड़िया की चीत्कार सुनाई दी और चौंककर वे वर्तमान में लौट आईं। इस वक़्त उनके सर को ढंकता आंचल जमीन पर गिर चुका था और बाल खुल कर लहरा

रहे थे। मुट्ठियां कस के भिंची हुई थीं और सुर्ख लाल आंखें अब भी कर्ण के शिविर पर टिकी हुई थीं। स्पष्ट था कि अपने पहले बेटे कर्ण से इतना प्यार करने के बावजूद वे सत्ता और राजनीति की वेदी पर अपने उसी प्यार को कुर्बान करने को तैयार हो चुकी थीं। सिंहासन सिर्फ़ कष्ट देते हैं और ताज दिलों को कुचल डालते हैं।

कल के युद्ध का परिणाम जो कुछ हो, लेकिन अपने मन के कुरुक्षेत्र में कर्ण की मां एक बार फिर से राजमाता और पांडवों की मां से हार गई थी।

आज उनके अंदर की औरत कुछ और मर चुकी थी। सधे हुए कदमों से जो स्त्री अब कर्ण के शिविर की तरफ जा रही थी वह अब सिर्फ एक राजमाता थी। उनके अंदर की मां तो पीछे ही छूट चुकी थी।

वृषाली जैन

उद्धव

भोर के पंछी एक लय-सुर में चहक रहे थे। अभी सूरज पूरी तरह से उगा नहीं था। हवा साफ़ थी। यमुना नदी ऐसी मानो शीशा हो। इतनी स्वच्छ कि तल दिख जाए। यह मथुरा था। नदी किनारे सफ़ेद धोती दुपट्टे में दो आदमी चले जा रहे थे। एक जैसी कद-काठी, एक जैसी चाल, एक जैसी लचक और एक जैसे बाल। लगता था जैसे जुड़वां हों।

"आज हवा थोड़ी ज़्यादा ठंडी है, है न माधव?" उद्धव ने अपना अंगवस्त्र ज़रा कसते हुए कहा।

माधव यानी कृष्ण अपने ही ख़्याल में गुम थे। अपने शिष्य, अपने चचेरे भाई उद्धव की बात एक बार में सुन न सके।

"माधव, आपको ठंड नहीं लग रही?" उद्धव ने कृष्ण के कंधे से ढुलकते अंगवस्त्र को संभालते हुए कहा। उद्धव की उंगलियों की ठंडक कंधे पर महसूस हुई तो कृष्ण का ध्यान टूटा।

"कहां खोये हैं माधव? मथुरा में तो सब कुशल है। प्रजा सुख से है। महाराज उग्रसेन अच्छे से हैं। फिर माधव चिंतित क्यों?"

कृष्ण मुस्कुरा दिए। वही जानी-पहचानी टेढ़ी मुस्कराहट, जिससे उनके किनारे के टेढ़े दांत नज़र आते थे। पर इस मुस्कराहट में वह सुकून नहीं था। उद्धव जो कृष्ण के हर भाव को पहचानते थे, और भी घबरा गये।

"माधव, कहो न?"

कृष्ण रुके, उद्धव की तरफ मुड़े और बोले, "यहां चला तो आया उद्धव, वृंदावन छोड़े सालों हुए, पर मन आज माई को, वृंदावन को बड़ा याद करता है।"

"माई तो यहां भी है, माधव। देवकी मां!" उद्धव पास आते हुए बोले।

"माई तो वृंदावन में ही है उद्धव, यहां तो देवकी मां है, जिसका मैं माधव हूं। कनुवा कहने वाली माई तो वहीं रह गई। मेरी गायें, मेरी गोपियां, उनका अथाह प्रेम! जो वृंदावन था वो मथुरा कभी नहीं हो सकता।"

कृष्ण एक ठंडी सांस लिए आगे बढ़ गये। जिम्मेदारियों के डोरे इतने कसे हुए थे कि वृंदावन मां के पास जाने की छूट भी नहीं थी। और याद सिर्फ मां की कहां, राधा की भी तो थी। राधा!

कृष्ण कहीं रहे, अपनी राधा के बिना तो अधूरा ही था न! वृंदावन के ग्वाले तो उसके नाम के पहले राधा का नाम लेते थे। 'राधाकृष्ण' कहा करते थे। सबको पीछे छोड़ आये थे कृष्ण। आज उनका मन उन्हें यहीं मथुरा की अलस-भोर में छोड़ वृंदावन चला गया था।

कृष्ण अपना अंगवस्त्र ओढ़े हुए ही यमुना के भीतर चल दिए थे। उद्धव भी उनके पीछे चल पड़े। यमुना में स्नान रोज़ का नियम था। रोज़ का एक और नियम था। कृष्ण के यमुना में उतरते ही जाने कहां से एक कमल का फूल तैरता हुआ उनके हाथों में आ जाता था। कृष्ण कहते थे कि राधा भेजती है ये कमल का फूल रोज़।

उस रोज़ उस फूल को हाथों में लिए कृष्ण की आंखें भर आईं।

अपने योगगुरु की आंखों में आंसू देख उद्धव से रहा न गया।

"माधव, आप तो जानते ही हैं कि ज्ञान के लिए, जीवन के लिए आगे बढ़ना होता है। प्रेम पीछे भी छोड़ना पड़ता है। ज्ञानप्रेम से ज्यादा ज़रूरी है। कहां उलझ रहे हैं आप?"

पर कृष्ण ने कोई जवाब नहीं दिया। उद्धव कुछ और कहते कि कृष्ण बेहोश होकर उद्धव की ही बाहों में गिर गये।

उद्धव ने दोनों हाथों से कृष्ण को कस के थामा।

"माधव, माधव!" उद्धव कृष्ण को किनारे पर लाते हुए बोले।

कृष्ण की आंखों से आंसू अब भी बह रहे थे। उद्धव ने कृष्ण का चेहरा अंगवस्त्र से पोंछा। उन्हें रथ में लाये और महल के लिए निकल चले। उद्धव दूनी तेज़ी से खुद रथ चला रहे थे। नगर की सड़कों से गुज़रते इस रथ पर सबका ध्यान था।

महल पहुंचने तक भी कृष्ण को होश नहीं आया था। बाहर भीड़ इक्कट्ठी होनी शुरू हो गई थी।

मथुरा के महल में हंगामा मच गया। वासुदेव कृष्ण बेहोश हो गये थे। तमाम तरह के वैद, आचार्य बुलाये गये। काढ़े बनाये गये। ढेरों सेवक इधर-उधर दौड़ने लगे। महाराज उग्रसेन पास बैठे सर सहलाते रहे। अपने नाती को अचानक इतना बीमार देख बूढ़े महाराज घबरा गये थे और नाती भी वो जिसने उन्हें अपने ही बेटे की कैद से बचाया था। मथुरा का भविष्य बेहोश पड़ा था। उद्धव लगातार पैर दबा रहे थे। हर तरह के काढ़े, जड़ी-बूटी और शिफ़ा देकर देख लिया गया था।

वैद कहते थे कि कृष्ण पर किसी का असर ही नहीं हो रहा। ऐसा लगता है जैसे वे किसी गहरी नींद में सोए हैं।

महाराज उग्रसेन के पैरों तले की धरती छिन गई थी। उन्होंने उद्धव को दोनों बाहों से पकड़ा और बोले, "तुम तो इस योगेश्वर के शिष्य हो न? ये, मेरा कृष्णा जिसे लोग परमयोगी कहते हैं, कैसे इतना बीमार हो गया? कुछ करो उद्धव, कुछ करो!!"

समझ तो उद्धव के भी नहीं आ रहा था कि क्या हुआ था। वे तो ठगे-से कृष्ण को देखते जा रहे थे।

मथुरा की प्रजा जिसे भगवान् मान कर पूजती थी, उसी के लिए भगवान् से प्रार्थना कर रही थी। अलसुबह से रात घिर आई थी। कृष्ण ने आंखें नहीं खोलीं थीं।

उद्धव अपना धीर खो रहे थे। वो कमल का फूल जो सवेरे यमुना में मिला था? कहीं उसमें कोई विष तो नहीं? वो अब भी माधव के हाथ में था।

उद्धव माधव के हाथ से वह फूल लेने गए कि माधव ने धीरे-धीरे आंखें खोली।

"माधव, माधव आप ठीक तो हैं?"

उद्धव माधव का हाथ थामते हुए बोले।

"ये वैद कुछ नहीं कर पाएंगे उद्धव! मैं अपना इलाज जानता हूं!" कृष्ण ने धीमे स्वर में कहा।

"तो बताइए माधव! मैं अभी ही सब इंतज़ाम कर दूंगा!"

"मेरे माथे पर मेरे किसी सच्चे भक्त की चरण-धूल मल दो उद्धव! चाहो तो अपनी ही मल दो। मैं अच्छा हो जाऊंगा!"

उद्धव स्तब्ध खड़े रह गये। अपने गुरु के, अपने ईश्वर के माथे पर अपनी चरण-धूल कैसे मल सकते थे वो?

उद्धव उलझन में थे। कृष्ण उनके गुरु थे। उद्धव उन्हें भगवान् की तरह पूजते थे। वे कुछ नहीं थे कृष्ण के सामने। उनके माधव योगियों के योगी थे। उनके माथे पर अपने पैरों की धूल कैसे चढ़ा दें?

"ये क्या कह रहे हैं माधव? मेरी चरण-धूल आपके माथे पर? मुझे तो नरक में भी जगह नहीं मिलेगी प्रभु!"

उद्धव माधव के चरणों में गिर गये। उनकी सोच में भी माधव के चरण थें, माधव का मस्तक नहीं। उस माथे पर अपने पैरों की धूल मलना, उद्धव के लिए जीते जी मर जाने जैसा था।

"सोच लो उद्धव, मेरी और कोई दवा नहीं है!"

उद्धव की तो सोच के भी बस की नहीं थी। "नहीं माधव, मैं इतना बड़ा पाप नहीं कर सकता। जाने कौन से नरक की आग में जलता रहूंगा सदियों तक। अपने गुरु का ऐसा अपमान नहीं कर सकता मैं!"

कृष्ण अपने दोनों हाथों के बल पर मुश्किल से उठे। ऐसा लगता था जैसे एक ही दिन में कितनी कमजोरी आ गई थी। कृष्ण वहीं तकिये का टेक लगाते हुए बोले, "अच्छा एक काम कर दो! मैं अपनी हाल-खबर एक चिट्ठी में लिखे देता हूं। वृंदावन चले जाओ। वहां तुम्हें मेरा इलाज

ज़रूर मिल जायेगा उद्धव। एक चिट्ठी मेरे माई-बाबा की, एक मेरी गोपियों की।"

कृष्ण जैसे ही पलंग से खड़े हुए, लड़खड़ा गए। उद्धव ने तेज़ी से उन्हें संभाला।

"माधव, कमजोरी बहुत है, कहां जा रहे हैं?"

"इसी के इलाज के लिए तो चिट्ठी लिखने जा रहा हूं उद्धव!"

कृष्ण अपनी चौकी पर जा बैठ गये। उन्होंने धीरे-धीरे पत्र लिखने शुरू किये। उद्धव ने फिर कहा, "माधव आप प्रेम में कमज़ोर पड़ रहे हैं। आपको मन की बिमारी लग गई है।"

"मैंने इस चिट्ठी में अपने हाल के साथ अपन गोपियों के लिए योग-ज्ञान भी लिख दिया है उद्धव। आपसे बेहतर गुरु कहां मिलेगा उन्हें? आप सिखायेंगे तो वे सीख भी जाएंगी और समझ भी जाएंगी। उनका प्रेम ही मेरे प्रेम को जीवित रखता है उद्धव। एक बार वे समझ गईं तो सब ठीक हो जायेगा।"

"किसी का प्रेम किसी और के प्रेम को कैसे जीवित रख सकता है माधव? आप बस भावनाओं में भटक गये हैं!"

"तभी तो कह रहा हूं उद्धव, जाओ मेरी दवा ढूंढ़ लाओ! आपके सिवा कोई नहीं कर सकता यह!"

उद्धव का मन विचलित हो गया। आज कैसी बातें कर रहे थे कृष्ण? क्यों कुछ अपढ़ ग्वालिनों की याद में यूं बावरे हुए जा रहे थे? उद्धव ने तय कर लिया था कि अगर गोपियों को ब्रह्मज्ञान देने से माधव का मोह छूटता है तो यही सही।

कृष्ण ने दोनों चिट्ठियां लिख दीं। खुद उद्धव को दरवाज़े तक छोड़ने आये। जाते-जाते भी वे उद्धव को समझाते रहे, "गोपियों को समझा देना उद्धव भैया! उन्हें योग सिखाने में कमी मत रखना!"

उद्धव रथ में चढ़े और बिना देरी के वृंदावन निकल गए। अब तक कमज़ोर और बीमार लग रहे कृष्ण अचानक मुस्कुरा उठे। उद्धव अपने जीवन का सबसे ज़रूरी पाठ सीखने निकल पड़े थे।

उद्धव का रथ तेज़ी से दौड़ता जा रहा था। वे जितनी जल्दी हो सके, वृंदावन पहुंचना चाहते थे। कृष्ण के इस मोह का ख़त्म होना बहुत ज़रूरी था। कृष्ण के लिए भी, मथुरा के लिए भी। आखिर क्या होता है यह बचपन का प्रेम? फिर जीवन में हर किसी को आगे तो बढ़ना ही होता है! मथुरा में उद्धव ज्ञान की प्रतिमूर्ति थे। योग, ध्यान और ज्ञान में उनके ऊपर सिर्फ कृष्ण थे।

उद्धव की समझ के बाहर था कि कैसे उनके योग-गुरु इस मायाजाल में फंस गये? यही सोचते-विचारते कि कैसे कृष्ण का यह वृंदावन-मोह छुड़ाएं, उद्धव वृंदावन पहुंच गए थे। रथ यमुना के किनारे दौड़ता हुआ वृंदावन के भीतर चले जा रहा था। सब बिलकुल वैसा ही था जैसे कृष्ण बताते थे। यमुना के सारे घाट कुंज और कदम्ब की बेलों से पटे हुए थे। घाट पर गायों को बांधने के खूटे गड़े हुए थे। मोर चिहूँक रहे थे। रास्ते के दोनों ओर बड़े-बड़े पेड़ लगे थे। पेड़ों के बीच से चमकता सूरज ढलती दोपहरी का इशारा कर रहा था। यमुना के किनारे खिलते कमल दलों पर पड़ी पानी की बूंदें हीरे जैसी चमक रही थीं। हवा हलकी ठंडी थी।

उद्धव ने एक लम्बी सांस खींची। वृंदावन की खुशबू जैसे उनके भीतर घर करने लगी थी।

"वृंदावन है तो वाकई बड़ा सुंदर!" उद्धव ने सोचा। अचानक उनका रथ झटके से रुका। रथ के सामने कुछ औरतें खड़ी थीं।

"हम कितनी दूर से तुम्हारा पीछा करती आ रही हैं!" एक ने कहा।

"ये बिलकुल हमारे कान्हा जैसा नहीं दिखता?" दूसरी बोली।

"न! न इसके पास मुरली है, न मोरपंख!! यह हमारा कान्हा कैसे हो सकता है?" एक और ने कहा।

"ए भैया! तुमको कान्हा ने भेजा है? हमारे लिए ही भेजा है न?" किसी ने उद्धव से पूछा।

इससे पहले उद्धव कुछ समझ पाते, गोपियां उन्हें रथ से खींचकर उतारने लगीं। कोई एक तरफ खींचती थी, तो कोई दूसरी तरफ।

"कहो न कौन हो? कान्हा कैसा है?"

सवालों की झड़ी लग गई थी। सारी गोपियां एक साथ ही सब बोल लेना चाहती थीं, पूछ लेना चाहती थीं। बस कोई उद्धव की सुनने को तैयार नहीं था।

उद्धव का मुकुट गिर गया था, बाल बिखर गये थे, अंगवस्त्र अस्त-व्यस्त हो गया था।

"अरे!! रुक जाओ सब!!! रुक जाओ वरना कान्हा की चिट्ठी नहीं दूंगा!"

उद्धव चीखते हुए बोले। उनके हाथ में कृष्ण का पत्र था।

"कान्हा ने हमारे लिए चिट्ठी भेजी है? हमारा नाम भी लिखा होगा न फिर तो! दिखाओ! ए भैया दिखाओ!!"

उद्धव के हाथ से चिट्ठी कब छिनी और कब सब गोपियों में टुकड़ा-टुकड़ा बंट गई, उद्धव जान ही नहीं पाए।

अपनी-अपनी चिट्ठियों के टुकड़े लिए गोपियां जाने किन कोनों में चली गई।

उद्धव वहीं बीच राह हैरान खड़े थे। यह थीं माधव की गोपियां?

उद्धव को काटो तो खून नहीं था। वो इतने ग़ुस्से में अपने जीवन में कभी नहीं आये थे। उनको रथ से खींचा गया था। धकेला गया था। और-तो-और माधव के हाथ से लिखे पत्र को इतनी बुरी तरह टुकड़े-टुकड़े कर दिया गया था। माधव के हाथ से लिखे योग-सूत्रों के लिए, बड़े-बड़े ऋषि-मुनि तरसते थे और इन गोपियों ने उसको फाड़ने में एक पल नहीं लगाया?? और इन गोपियों के लिए बीमार पड़े थे माधव? क्या हो गया था माधव को?

"मेरी गोपियों को योग सिखाने में कमी मत रखना उद्धव!" कृष्ण की कहीं बातें उद्धव के ज़हन में घूम गई।

उद्धव हाथ झटकते हुए गोपियों को ढूंढ़ने निकाल गये।

यमुना के घाट किनारे कई विहार थे। बाग़ समझ लीजिये। कुंज की बेलों से भरे हुए, गेंदे चमेली से महकते हुए बाग़। यहीं मिली थीं गोपियां उद्धव को।

हर कोई अपनी चिट्ठी का टुकड़ा लिए अपने एक कोने में थी। कृष्ण के हाथ से लिखी चिट्ठी के टुकड़े गोपियों के आंसुओं में भीग रहे थे। कोई अपने टुकड़े को माथे से लगाता, कोई गले से, तो कोई होंठों से। ऐसा लगता था मानो, चिट्ठी नहीं मिली, बरसों बाद अपना कान्हा ही मिल गया हो गोपियों को।

उद्धव उस बाग़ के बीचोंबीच खड़े थे। कुछ देर बाद सारी गोपियां उद्धव के पास आईं और अपनी-अपनी चिट्ठी के टुकड़े देते हुए बोलीं, "लो! पढ़ दो क्या लिखा है कान्हा ने? लिखा है कब आयेगा? या कि हमसे कितना प्रेम करता है?"

उद्धव के हाथ में उस ब्रह्मज्ञान के टुकड़े थे जो स्वयं योगीश्वर ने लिखा था। उनमें तो कितने अक्षर धुल आंसुओं से धुल गये थे, कितनों की लिखावट होंठो की लाली में छुप गई थी और जाने कितने काजल की कालिख में मिल गये थे।

उद्धव ने चिट्ठी के टुकड़े वापिस गोपियों की तरफ बढाते हुए कहा, "क्या पढ़ूं? यह कोई प्रेम-सन्देश नहीं था। यह तो जीवन-सन्देश था! खुद माधव ने तुम लोगों के लिए योग की राह लिखी थी। कैसे ज्ञान से, साधना से तुम इस मोह से छूट जाती। इस विरह के दुःख से छूटने का मार्ग फाड़ के फेंक दिया तुम लोगों ने।"

"कान्हा ने हमें खुद को भुलाने का मार्ग बताया था? चिट्ठी में ललिता, चित्रा, सुदेवी किसी का नाम नहीं लिखा?" एक गोपी ने रुंधे गले से पूछा।

"नहीं, उन्होंने किसी का नाम नहीं लिखा था। उन्होंने तो मुझे तुम सबको योग-विद्या सिखाने भेजा था क्योंकि वे जानते हैं कि ज्ञान ही जीवन का असल मूल है।"

"कान्हा ने राधा का भी नाम नहीं लिखा उद्धव जी?" ललिता ने बड़ी उम्मीद से पूछा।

"राधा! राधा! राधा! कौन है ये राधा?" उद्धव झुंझला उठे थे।

अचानक ही ललिता खड़ी हुईं और बोलीं, "आपका ज्ञान अधूरा है उद्धव जी! हर ज्ञान प्रेम के बिना अधूरा है। अगर आप राधा को योग-विद्या

सीखने के लिए राज़ी कर लेंगे, तो हम सब कान्हा को भुला देंगी। चलिए राधा के पास!"

उद्धव की मुश्किलें थीं कि ख़त्म होने का नाम ही नहीं ले रही थी।

उद्धव गोपियों संग घाट पर पहुंचगए थे। राधा का नाम सुनते उन्हें एक अरसा बीत गया था। कृष्ण बिना राधा के नाम के वृंदावन की बात ही नहीं करते थे। कृष्ण कहते थे कि राधा से मिलकर उसके प्रेम से बच पाना असंभव है। उद्धव जानते थे प्रेम जीवन में बस एक रुकावट है। वे कृष्ण और गोपियों, दोनों के ही जीवन से यह रुकावट निकाल देना चाहते थे।

जैसे-जैसे उद्धव आगे बढ़ते जाते, उनके रास्ते में सफ़ेद कमल के फूल और ज्यादा दिखने लग जाते। शायद उनके मन का ही वहम था, पर उन्हें कृष्ण की बंसी की धुन भी सुनाई दे रही थी।

सारी गोपियां घाट किनारे बनी एक छान्झ के पास आकर रुक गईं। छान्झ की सीढ़ियां यमुना में उतरती थीं। वहीं पैड़ियों के पास खंभे से सर टिकाये एक औरत दूर क्षितिज में कुछ ताक रही थी। बड़ी गोल आंखों में काजल की एक सीधी रेखा थी। बालों में लगा गजरा कंधे पर ढलक गया था। गुलाबी रंग की चुनरी और धानी रंग का लहंगा के साथ मेल खाती हरी गुलाबी चूड़ियां पहने वो औरत साक्षात् लक्ष्मी का रूप थी।

वो साक्षात् लक्ष्मी ही होती अगर उसकी आंखें इतनी उदास न होती। ऐसा लगता था मानो सालों के आंसू भरे हों उनमें, पर गिरने को एक भी तैयार न हो।

"राधा, ये उद्धव हैं। कान्हा ने भेजा है इन्हें, हमें योग सिखाने के लिए। कहते हैं योग सीखकर हम कान्हा की विरह के दुःख से छूट जायेंगे।" ललिता ने कहा।

राधा धीरे से घूमीं। उद्धव को नज़र-भर देखा और फिर पलट गईं। "कान्हा को मेरे कमल के फूल रोज़ मिल जाते हैं न उद्धवजी?"

उद्धव दो पल को तो कुछ नहीं बोल पाए। फिर बोले, "पूरे वृंदावन को इस दुःख में क्यों डुबो रखा है। कान्हा नहीं लौटेंगे।"

राधा बोलीं, "हमें कोई दुःख नहीं है। लौटते वे हैं उद्धव जी जो कहीं जाते हैं। कान्हा कहीं नहीं गए। जो साथ हो उसको भुलाएं कैसे?"

"कान्हा यहां कहां हैं?" उद्धव ने पूछा।

"ध्यान से देखिये उद्धव जी! वे हर जगह हैं। अभी यहां मेरे साथ भी हैं। राधा का जीवित होना ही इस बात का प्रमाण है कि कृष्ण उसके साथ हैं। सच्चे प्रेमी कभी अलग कहां होते हैं! ध्यान से देखो उद्धव जी, आपको कान्हा नहीं दिखते?"

उद्धव के पास कोई जवाब नहीं था। उन्हें खुद बंसी की धुन सुन रही थी। वृंदावन में चलने वाली हवा भी जैसे कृष्ण का नाम पुकारती थी। उद्धव ने फिर राधा की ओर देखा। राधा की आंखें भरी हुई थीं, पर आंसू छलक नहीं रहे थे।

"उद्धव जी ये यमुना, ये कुंज की बेलें यह तो नहीं बताती कान्हा कब आएगा, तुम ही बता दो मेरा श्याम कब आएगा? वह तो रोने से भी मना कर गया था। मैं सारे आंसू उसके आने के लिए संजो के बैठी हूं!"

उद्धव अपने घुटनों पर गिर गये। वह क्या सिखाते राधा को, इन गोपियों को, त्याग, योग और समर्पण? यह तो खुद समर्पण की मूर्तियां थीं। कोई ऋषि-मुनि भी अपने ईश्वर के प्रति क्या समर्पण रखता जैसा राधा का था।

उद्धव समझ गये थे उन्हें वृंदावन क्यों भेजा गया था। उनके गुरु ने उन्हें सिखा दिया था योग से ज्ञान तो साधा जा सकता था, लेकिन जीवन का रस प्रेम था।

उद्धव इसके बाद महीनों वृंदावन रहे। योगीश्वर कृष्ण के परम योगी शिष्य ने राधाकृष्ण के प्रेम का जोग ले लिया था।

सती सुलोचना

बात आज से हजारों साल पहले की है। समुन्दर पार कर एक अद्भुत सेतु बना हुआ था। आज के हिंदुस्तान से श्री लंका को जोड़ने वाला सेतु जिसके हर पत्थर के ऊपर अयोध्या के युवराज राम का नाम लिखा था। वह राम जिसकी सेना लंका के दरवाज़े पर डेरा डाले बैठी थी। जिसने अनगिनत राक्षसों को मौत के घाट उतार दिया था।

लंकापति रावण अपने दरबार के बरामदे में अकेला टहल रहा था। सर पर राक्षसों के राजा होने का मुकुट नहीं था। सोने का वह भारी भरकम मुकुट राजसिंहासन के बगल में एक किनारे रखा था। उसी के थोड़े दाहिने रावण का फरसा भी रखा था। जो रावण इस वक़्त हमारे सामने था उसके बाल बिखरे हुए थे, आंखें थकी महसूस हो रही थीं।

जिस राजा ने अपने भाइयों पर खुद से भी ज्यादा विश्वास किया था, वे भाई अब रहे ही नही! कुंभकरण को युद्ध खा गया और विभीषण को गद्दारी! विभीषण का नाम सोचकर ही उन थकी हुई आंखों में ग़ुस्से के अंगारे दहकने लगते हैं।

जहां रावण खड़ा था वहां से वह समुद्र चीरता पुल और वानरों का खेमा सब दीखता था।

"ये वानर नहीं लंका पर आई एक आफत हैं!"

रावण झल्ला उठा।

"आफत ये वानर नहीं, अशोक वाटिका में बैठी वह औरत है। जाने दीजिये सीता को पिताजी!"

रावण अपने ख्यालों में इतना डूबा हुआ था कि मेघनाद का आना सुन ही नहीं पाया।

लम्बा-चौड़ा बड़ी-बड़ी आंखों वाला मेघनाद-शरीर पर एक रत्ती मांस ज्यादा नहीं था, रात के इस पहर में भी युद्ध को तैयार दिखने वाला योद्धा, रावण के प्राण का मूल मेघनाद। दो पल को तो रावण मेघनाद को देखने में भूल ही गया कि वह सोच क्या रहा था!

"सोचिये मत पिताजी, सीता को लौटा दीजिये। वो इस लायक नहीं है कि उसके लिए लंका अपने वीर योद्धा खो दे!"

"बात अब केवल सीता की नहीं, मेरे सम्मान की भी है मेघनाद! तुम क्या चाहते हो? मैं उस वनवासी के सामने घुटने टेक दूं? कुंभकरण और अक्षय की हत्या भूल गये हो तुम शायद!"

अपने काका और छोटे भाई का नाम सुनने के बाद मेघनाद के पास अब कोई जवाब नहीं था। वह चुपचाप अपने कमरे में वापस चला गया।

वहां पहुंचा तो सुलोचना खिड़की पर खड़ी उसी वानर सेना को देख रही थी।

"कुछ देर आराम कर लो सुलोचना। उन्हें देखते रहने से भी कुछ नहीं होगा!" मेघनाद ने कमरे के दरवाज़े से ही कहा।

"आज काका जी के जाने के बाद मन घबरा रहा है स्वामी।"

कुंभकरण के जाने का शोक मेघनाद को और गहरा चुभ गया।

उसने बढ़कर सुलोचना को उसके कन्धों से थाम लिया, "क्या तुम्हें मुझपर विश्वास नहीं सुलोचना?"

"आप पर ही तो सारी लंका का विश्वास टिका है और मेरा तो जीवन ही आपके विश्वास पर चलता है!" सुलोचना मेघनाद का हाथ अपने हाथ में लेते हुए बोली।

"फिर भी इतना भी विश्वास मत करो प्रिये।!"

मेघनाद एक उदास मुस्कराहट लिए सोने चला गया। पर सुलोचना सारी रात आंखें भर-भर सिर्फ मेघनाद को देखती रही।

परिवार के लिए समय अच्छा नहीं था। बगल में सोते मेघनाद को देखती सुलोचना सोच में डूबी थी।

यह सारा संकट तबसे शुरू हुआ जबसे पिता महाराज पंचवटी से उस सीता को ले आए थे। वनवासी राम की पत्नी और अयोध्या की होने वाली महारानी सीता। पिता महाराज ने उसके रूप की चर्चा सुन उसका हरण तो कर लिया, पर उसे ढूंढ़ने वालों ने लंका की नाक में दम कर दिया था।

पहले वह हनुमान आया। चोरों की तरह लंका में घुस आया और पकड़े जाने पर अक्षय कुमार का वध कर पूरी लंका को आग लगा गया।

ईंट-पत्थर-गारे का तो सारा नुक्सान पिता महाराज ने विश्वकर्मा से भरवा लिया, लेकिन मन पर पड़ी उस रोज़ के आतंक की छाप का कोई कुछ नहीं कर पाया था।

उस दिन हनुमान कितने ही राक्षसों को मार कर वापस चला गया था। विभीषण काका ने पिता महाराज को समझाने की कितनी कोशिश करी थी कि आने वाले संहार को रोक लीजिये। राम से क्षमा मांग लीजिये। उनकी पत्नी को लौटा दीजिये। पिता महाराज ने काका को ही निकाल बाहर किया था।

काका जाकर राम से मिल गये और उसके बाद तो जैसे परेशानियों ने घर में डेरा ही डाल लिया।

सुलोचना नागकन्या थी। उसके पास अपने जितने भी नाग शस्त्र, जिन्हें नाग-पाश भी कहा जाता है, उन्हें मेघनाद को दे दिया था। मेघनाद ने उनसे राम और उसके छोटे भाई लक्ष्मण बांध भी लिया था। लेकिन रामदल की तरफ चीलें थीं। नाग बेचारे उनके आगे कुछ नहीं कर पाए।

सुलोचना जानती थी कि काका जी के जाने के बाद युद्ध की सारी ज़िम्मेदारी मेघनाद पर थी।

उसने फिर एक बार अपने स्वामी को नज़र भर कर देखा।

उसने गलत नहीं कहा था कि उसे मेघनाद पर खुद से भी ज्यादा भरोसा है। उसके स्वामी इन्द्रजीत थे, यानी वो योद्धा जिसने इंद्र को हरा दिया था।

जिसपर रणदेवी प्रत्यंगिरा की असीम कृपा थी और जिस स्वामी ने उसकी ज़िन्दगी को प्रेम और आदर से भर दिया था, उस पर उसे भरोसा क्यों नहीं होगा?

अगले दिन मेघनाद सेनापति का स्थान लिए युद्ध पर जाने के लिए तैयार था। सुलोचना के तिलक करते ही मेघनाद बोला, "आज उन दो वनवासी भाइयों में से एक तो मैं मार ही गिराऊँगा!"

दोपहर तक युद्ध के नाद भयंकर हो चले थे। दासी ने आकर बताया था, "युवराज मेघनाद और राम के छोटे भाई लक्ष्मण में आमने सामने का युद्ध ठन है गया है महारानी!"

सुलोचना ने मन-ही-मन शिवशंकर से सब कुशल रखने की विनती कर डाली।

शाम तक भी युद्ध भूमि में गूंजती टंकारें तीखी हो गईं थीं। मेघनाद की मां मंदोदरी और सुलोचना साथ ही थे। दोनों के चेहरे पर भले ही शिकन न हो, लेकिन उनका एक दूसरे का हाथ थामे बैठना, अपने आप में उनकी चिंता का गवाह था।

सुलोचना के मन में अजीब अजीब ख़्याल आ रहे थे।

"उनका कवच तो ठीक से बंधा था न!"

"उनके रथ पर भरपूर शस्त्र थे या नहीं?"

"राम के पास कहीं कोई ऐसा बाण तो नहीं जो कवच भी भेद जाये?"

"उफ्फ! क्या क्या सोचे जा रही हूं मैं! मुझे पति की ताकत बनना है कमजोरी नहीं!"

अपने ख्यालों में खोई सुलोचना की पकड़ मंदोदरी के हाथों पर कब कस गई, उस मालूम ही नहीं चला।

सुलोचना ने नज़रें उठायीं तो मंदोदरी आंसू भरी आंखों से उसे देख रहीं थीं।

"सब अच्छा होगा बेटी। तू इतना परेशान मत हो! शिव शंकर सब संभाल लेंगे!"

उस एक कमज़ोर लम्हे में अपने आंसू दुनिया से छुपाकर रखने वाली सुलोचना ने अपनी सास के कंधे पर सर रख दिया। बाहर से मारकाट का शोर वैसे ही बदस्तूर आ रहा था।

अचानक एक चीख की आवाज़ आई और सारे युद्ध का शोर थम गया।

अभी दो पल पहले तक जहां तलवारों की तकरार, प्रत्यंचा की टंकार और इंसानों के संहार का शोर था, वहां मरघट जैसी शांति छा गई। चीख भयानक दर्दनाक थी। और जिस तरह उसके बाद युद्ध रुका था यह ज़रूर ही किसी बड़े योद्धा के घायल होने का संकेत था।

सुलोचना का मन आतंकित हो उठा। उसने खुद को संभालते हुए दासी को बुलाया, "जाओ पता करो कि अचानक युद्ध क्यों रुक गया।"

सुलोचना की आंखें जितना चाहें मंदोदरी से अपना डर नहीं छुपा पाईं।

उसने आंखें फेर लीं और दूसरी दासी को बुलाया, "देखो, जाओ, उस दासी को इतनी देर क्यों लग रही है?"

तब तक कमरे में मेघनाद की आमद हुई।

उसने कमरे में आते ही सुलोचना को बांहों में भर लिया।

"धराशायी कर दिया मैंने उस लक्ष्मण को! राम को घुटनों पर गिरा रोते देख कर आ रहा हूं मैं! अब एहसास होगा इन्हें प्रिये कि भाई को खोने का दुःख कैसा होता है! युद्ध हमारे पक्ष में आ गिरा है। राम अब लड़ने की हालत में ही नहीं होगा!"

सुलोचना इस वक़्त मेघनाद की धड़कनें सुनने में खोई हुई थी। वह चीख मेघनाद की नहीं थी, शत्रु की थी। मेघनाद का शरीर चोटों से भरा हुआ था, पर वे जीवित थे। उसके स्वामी, उसका प्रेम जीवित था।

"प्रिये, मैंने तय किया है कि इस युद्ध को जीतने के लिए मैं मां प्रत्यंगिरा की उपासना करूंगा। मैं अजेय होने का यज्ञ करूंगा!"

हनुमान के लंका दहन करने के बाद पहली बार उम्मीद की एक किरण नज़र आ रही थी।

तीन दिन के घनघोर युद्ध के बाद मेघनाद लक्ष्मण को घायल कर पाया था। युद्ध थम गया था। उसे विश्वास था लक्ष्मण बच नहीं पायेगा और राम इस सदमे से जब तक उठेंगे, तब तक उसका यज्ञ पूरा हो जायेगा। उसके बाद लंका वैसे ही पहले जैसी सुखमय हो जाएगी। सुलोचना की आंखों के नीचे के काले घेरे उसे जीने नहीं दे रहे। जब से युद्ध शुरू हुआ है, उसने सुलोचना को मुस्कुराते नहीं देखा। सुलोचना ने आज उससे कहा भी था, "यह युद्ध रुकवा दीजिये स्वामी! हम जीत नहीं सकते आप जानते हैं!"

मेघनाद जानता था कि वह सही कह रही है, पर अपने पिता के झुके हुए सर से बेहतर उसका अपना कटा हुआ सर था। सुलोचना चट्टान की तरह मां को संभाले हुई थी। वरना अक्षय और उसके दूसरे भाइयों के जाने का दुःख मां को कब का तोड़ देता। स्त्री हर लेना राक्षसों के लिए कोई नई बात नहीं थी, पर सीता के आने के बाद से लंका की ख़ुशी पर ग्रहण पड़ गया था।

"मैं लंका की इस मनहूसियत को ख़त्म कर दूंगा! बस अब बहुत हो गया!"

मेघनाद एक गुफा के सामने खड़ा था। इस जगह का पता सिर्फ और सिर्फ उसके परिवार वालों को था। मेघनाद ने अपने सारे हथियार वहीं एक किनारे बाहर रख दिए। यह उसका यज्ञघर था। यहां वह सिर्फ अपनी श्रद्धा ही भीतर ले जाता था। मेघनाद को अभय का वरदान था। उसे सिर्फ वही मार सकता था जो उसका यज्ञ खंडित कर सके। इतना साहस अब किसी में नहीं था।

मेघनाद अपने यज्ञ के सारे बर्तन, सामान और सामग्री भी खुद लेकर जाता था। उसने अग्नि प्रज्ज्वलित की। सारी गुफ़ा मेघनाद की गर्जन से गूंज उठी। मेघनाद की आवाज़ हर आहुति के साथ तेज़ होती जा रही थी। उसका ध्यान सिर्फ और सिर्फ उसके मन्त्रों पर था।

तभी अचानक गुफा के ऊपर के सुराख में से पानी गिरने लगा। मेघनाद ने अपना ध्यान और पक्का किया। उसकी आवाज़ और तेज़ हो गई। थोड़ी

देर में उसके चारों ओर बंदरों ने आतंक करना शुरू कर दिया। मेघनाद ने टेढ़ी निगाह से देखा तो ऊपर के सुराख़ से और बन्दर नीचे उतर रहे थे।

मेघनाद ने फिर भी अपना सारा ध्यान यज्ञ की तरफ ही रखा। बंदर उसे काटते, नोचते, खसोटते पर मंत्र पढ़ता जाता। लेकिन फिर किसी ने उसके यज्ञ कुंड में पानी डाल दिया। यज्ञ की अग्नि बुझ गई। यज्ञ खंडित हो गया।

मेघनाद को काटो तो खून नहीं। उसकी एक हुंकार से सारे बन्दर चारों ओर बिखर गये। वह तमतमाता हुआ बाहर निकला तो अपनी आंखों पर विश्वास नहीं कर पाया।

पूरी फ़ौज के साथ आया था लक्ष्मण! और लक्ष्मण के साथ रथ में थे विभीषण काका! तो इन्होने ही वानर सेना को यहां का पता दिया होगा! इन्होने ही लक्ष्मण को ठीक करने का रास्ता भी दिखाया!

"काका! आपका यह घात लंका कभी नहीं भूलेगी!"

और यही कहते हुए मेघनाद ने अपना धनुष उठाया और लक्ष्मण पर चला दिया ब्रह्मास्त्र! वो आखिरी अस्त्र जिससे कभी कोई नहीं बचा!

मेघनाद की हुंकार से सारा आसमान भर गया। बादलों में कंपन महसूस हुई थी शायद और एक भयंकर टंकार के साथ मेघनाद के तीर से ब्रह्मास्त्र निकल पड़ा। लक्ष्मण हाथ जोड़ कर वहीं खड़े हो गये।

"हे ब्रह्मा के परम शस्त्र! अगर मेरा मार्ग न्याय का है, सत्य का है, तो आप मेरा साथ दें!"

ब्रह्मास्त्र कुछ पल वहीं लक्ष्मण के सामने रुका और फिर गायब हो गया। जब रास्ते सत्य के हों तब बड़ी से बड़ी बाधा भी झुकने पर मजबूर हो जाती है। लक्ष्मण का पक्ष सत्य का था। ब्रह्मा को भी उनके आगे झुकना पड़ा।

मेघनाद को विश्वास ही नहीं हुआ कि ब्रह्मास्त्र विफल हो गया था। वह सकते में था। उधर लक्ष्मण ने विभीषण को पीछे किया और अपना धनुष संभाला।

मेघनाद का आत्म-विश्वास डोल गया था। फिर भी वह डटा रहा। इधर

लक्ष्मण की हिम्मत बढ़ती जा रही थी। मेघनाद बुरी तरह घायल हो गया था। फिर लक्ष्मण ने एक आखिरी तीर चलाया और मेघनाद का सर धड़ से अलग हो गया। लंका की आखिरी उम्मीद बुझ गई थी। वानर जोश में उछल पड़े। विभीषण की आंखें भर आईं। उन्होंने सत्य का साथ भले दिया हो, पर मोह के धागे कहां टूटे थे? मेघनाद उनको अपने बेटे से अधिक प्रिय था!

वानर मेघनाद का धड़ वहीं छोड़कर सर उठा ले गए। यह उनकी जीत की निशानी था। यह उनके संघर्ष की अब तक की सबसे बड़ी जीत थी।

लंका के महल में खबर पहुंची तो हाहाकार मच गया। मंदोदरी अपने कमरे में बेहोश होकर गिर गई थी। अपनी आखिरी संतान के भी चले जाने का दुःख एक मां कैसे संभालती होगी? मेघनाद का धड़ रावण के दरबार के बीचोंबीच फूलों की शय्या पर रखा था। उसे रेशमी कपड़े से ढका गया था। रावण वहीं बेदम सा बैठा था। राक्षसनियां जार-ज़ार रोती थीं।

मंदोदरी उसका हाथ पकड़े शून्य में ताक रही थी। आंखों से जो मौन अश्रु गिर रहे थे वे किसी भी विलाप से कहीं भयानक थे। उसी समय वहां सजी-धजी सुलोचना आई। पर कैसा श्रृंगार?

काजल बिखरा हुआ था, गजरा टूट-टूट झर रहा था। उसने चादर उठाकर मेघनाद का शरीर देखा और मंदोदरी की चीख निकाल गई। रावण जैसा कठोर भी रो पड़ा, पर सुलोचना के आंसू नहीं आये।

“मेरे स्वामी पशु नहीं हैं! योद्धा हैं। युद्ध में वीरगति को प्राप्त हुए हैं। उनके अधूरे शरीर का अंतिम संस्कार नहीं होने दूंगी मैं! उन्हें लंका के युवराज का मान मिलेगा। मैं लाऊंगी रामदल से अपने पति का शीश!”

सभा सन्न थी। विलाप करने वाले कंठ अवरुद्ध हो गये थे। मंदोदरी सुलोचना को गले लगा के बोली, “दुश्मन खेमे में नहीं जाने दूंगी तुझे। बेटा खो दिया है। अब बेटी भी खो दूं।”

“और मैं अपने पति का सम्मान नहीं खो सकती मां!”

सुलोचना चल पड़ी थी दुश्मन के खेमे में अकेले जाने को!

मंदोदरी सुलोचना के पीछे दौड़ गई थी।

"कहीं तुझे पकड़कर उन्होंने सीता को लौटाने की मांग कर ली तो! मत जा मेरी बच्ची!"

मंदोदरी रोते-रोते वहीं गिर गई। सुलोचना जानती थी यह दिन उसे देखना होगा। उसके स्वामी ने वह किया जो उन्हें करना था। अब वो वही करेगी जो उसका धर्म है।

सुलोचना लंका के द्वार पर खड़ी थी। रावण की भेजी हुई सेना उसने लौटा दी थी। वो सिर्फ अपने पति का शीश लेने आई थी। उसे कोई युद्ध कोई बदला नहीं चाहिए था। वह सिर्फ अपने प्रेम के लिए आई थी। आखिरी बार जब वह यहां आई थी तो समुद्र तट पर मेघनाद के साथ बैठने आई थी। उस दिन की मुस्काने एक डब्बे में बंद कर के दिल के किसी कोने में दबा दी थीं।

वह इस वक़्त कमजोर नहीं पड़ सकती थी। वह ज़ेहन के किसी कोने में सारी लंका का उसके पैरों में गिरना भी दबा चुकी थी। लंका के हर घर का अंधेरा भी उसे नज़र नहीं आ रहा था। नज़र आ रहा था तो बस रामदल का खेमा!

रामदल के द्वार पर खड़े सैनिक से उसने कहा, "मैं रावण कुलवधू सुलोचना हूं। श्री राम से कहो मैं अपने पति का शीश लेने आई हूं!"

रामदल में खलबली मच गई। रावण की बहु अकेली निहत्थी दुश्मनों के खेमे में चली आई थी।

राम, लक्ष्मण, विभीषण, हनुमान सब खेमे के द्वार पर आए।

लक्ष्मण बोले, "मेघनाद का शीश हमारी विजय का प्रतीक है। हम उसे नहीं लौटायेंगे!"

सुलोचना राम की तरफ मुड़ी और बोली, "मेरे पति और आप में ज्यादा अंतर नहीं है। आप अपने कुलदीपक है, वे भी थे। आप अपने भाइयों को तकलीफ में नहीं देख सकते, वे भी नहीं देख सकते थे। आप अपने पिता के वचन को जीवन-आदर्श मानते हैं, वे भी मानते थे। आप अपने कुल के ग़लत पर भी सवाल नहीं उठाते, वे भी नहीं उठाते थे।

आपकी पत्नी भी आपके प्रति समर्पित है। मेरे जीवन में भी पति की जगह कोई नहीं ले सकता।

तो क्यों मैं आपको ईश्वर मानूं और उन्हें दोषी? उनका पक्ष कोई भी हो, वे मेरे ईश्वर हैं और आप एक यज्ञ पर आसीन उपासक के हत्यारे! मुझे उस उपासक का, उस वीर योद्धा का शीश चाहिए। उसका अंतिम संस्कार उसके मान का होगा। सुना हैं आप साक्षात् विष्णु हैं! इतनी दया तो आप कर ही सकते हैं मुझ पर!"

सारी वानरसेना लज्जित खड़ी थी। विभीषण बच्चों की तरह फफक कर रो रहे थे। राम के एक इशारे पर सुलोचना को मेघनाद का शीश लौटा दिया गया।

मेघनाद की चिता सजी और उस पर मेघनाद का शीश लिए सुलोचना चढ़ी।

उस रोज़ चिता से जो ज्वाला निकली उसने सुलोचना को सती सुलोचना के रूप में अमर कर दिया था।

बृहन्नला

ये कहानी मत्स्य देश यानी आज के नेपाल की है। महाभारत काल, जब पाण्डवों ने अपना सब कुछ जुए में हार दिया और द्रौपदी के साथ उन्हें वनवास भोगना पड़ा। वे सब अपनी पहचान छिपाये घूम रहे थे।

एक महल में दो सैनिक बातें करते चले आ रहे थे।

"आज रानी सुदेषणा राजकुमारी की परीक्षा लेंगी! आज पता चलेगा बृहन्नला कितना अच्छे से सिखा पायी है राजकुमारी उत्तरा को!"

"सीखा पाई नहीं पाया कहो मित्र!"

दोनों ही बातें करते हुए दायीं तरफ मुड़ गये। उस विशाल महल बायीं तरफ से मृदंग की तेज़ थाप गूंजी। फिर उसके साथ घुंघरुओं की भी आवाज़ आने लगी।

यह राजा विराट की नृत्यशाला थी। सुनहरे झीने परदों से दिख रहा यह रंगमहल अद्भुत था। रंगमहल का गुम्बद गहरा, बहुत गहरा था और उसी से लटकते कांच के झूमर में हज़ारों दीप जल रहे थे। नृत्यशाला के एक किनारे रानी सुदेषणा बैठी थी। दासियां उनके बाल संवार रही थी। बीच में खड़ी दासी का चेहरा ढका हुआ था।

रंगशाला के बीचों-बीच राजकुमारी नृत्य कर रही थी। वहीं थोड़ी दाहिनी तरफ सारे वादक बैठे थे। पर निगाहें टिकती थीं सिर्फ और सिर्फ मृदंग बजाने वाले अनोखे वादक पर।

मृदंग पर चलने वाली उसकी उंगलियां दिखती ही नहीं थीं। उसने अपने दुपट्टे को दांतों में दबा रखा था। उसकी भुजाओं में विशेष बल था,

जैसे सालों की वर्जिश का नतीजा हों। वह अचानक उठा और बिना ताल का तारतम्य तोड़े राजकुमारी के साथ नृत्य करने लगा।

औरतों की वेशभूषा, नाचती हुई आंखें, कमर तक लहराते लम्बे बाल और गठा हुआ शरीर! नृत्य तो ऐसा कि बड़े से बड़ा नर्तक भी घुटने टेक दे! यह वादक ईश्वर के बनाये पुरुष और औरत के फर्क को धूमिल करने वाली सबसे उम्दा रेखा थी!

रानी सुदेषणा अचानक उसी चेहरा ढकी दासी का हाथ झटककर उठीं और वादक के पास आकर बोलीं, "बस बृहन्नला बस! मान गये हम तुम्हारे हुनर को आज!"

बृहन्नला की आंखें पलभर को हाथ सहलाती उस दासी की ओर चली गई।

अचानक देसी घी की खुशबू से सारी हवा भर गई।

रानी सुदेषणा और राजकुमारी उत्तरा के लिए खाना आया था।

खाना देखते ही रानी बरस पड़ीं, "ये हमारे मना करने पर भी सत्तू के लड्डू क्यों आते हैं खाने में? आखिर बल्लवदेव को कितनी बार समझाना होगा?"

सत्तू के लड्डूओं का नाम सुनते ही बृहन्नला की आंखें फिर उस चेहरा ढकी दासी की ओर चली गईं दोनों के बीच आंखों ही आंखों में कुछ इशारा हुआ और बृहन्नला वहां से बाहर आ गई।

बृहन्नला सारे बाज़ार का चक्कर काट रही थी। कभी कोई मलमल का कपडा उठाती और उसे दुकानदार की ओर फेंक कर कहती, "ये मलमल है? छूने से तो सूत का कपड़ा भी नहीं लगता!" तो कभी किसी सोनार के पास कोई पायल उठाकर कहती, "जब घुँघरू लगाने ही नहीं थे तो ये बनायीं ही क्यों?"

सारा शहर पार हो गया था। उसकी चाल किसी हिरणी की तरह थी लेकिन नज़र बाघ की। बृहन्नला कुछ भी हो, लेकिन सिर्फ एक नर्तकी नहीं हो सकती थी।

वह किसी श्मशान पर पहुंचकर एक पेड़ के पास जाकर रुक गई। उसने उस पेड़ के तने को ऐसे छुआ जैसे बरसों से बिछड़ा कोई बहुत अपना हो। फिर चौकन्ने होकर चारों तरफ देखा।

वहां थोड़ी ही देर में अलग-अलग दिशाओं से चार और आदमी आये।

बृहन्नला ने उन्हें देखते ही एक साथ बाहों में भर लिया।

"भीम भैया! यूं अचानक क्यों बुलाया? मैं तो लड्डू देखकर डर ही गया था!" बृहन्नला ने उनमें से सबसे लम्बे-चौड़े आदमी से कहा।

"तुम सब की बहुत याद आ रही थी अर्जुन! इस एक साल के अज्ञात वास ने हम पांचों पांडवों को एक दूसरे से ही अनजान बना दिया है!"

तो ये थे पांच पांडव। और यह बृहन्नला अर्जुन कैसे हो सकता था? दुनिया का सबसे बड़ा धनुर्धर, जिसके धनुष के आगे बड़ी से बड़ी सेना हार मान ले, वह अर्जुन, महाराज विराट के यहां नर्तकी था?

"लेकिन यूं हम पकड़े भी जा सकते हैं, भीम। एक साल ख़त्म होने में एक महीना ही बचा है। बस कुछ और मेरे भाई!" ये युधिष्ठिर ही हो सकते थे। भीम से बड़े तो वह ही थे।

"आगे से ध्यान रखूंगा! लेकिन द्रौपदी कहां है? उसे लड्डू नहीं मिले?"

"लड्डू तो हमें साथ ही मिले थे!" बृहन्नला का वेश धरे अर्जुन बोले।

तभी पायल की छनक से सारा श्मशान गूंज गया। पांच जोड़ा आंखें आवाज़ की ओर मुड़ गईं। वही चेहरा ढकी दासी थी। अब उसका चेहरा ढका नहीं था। और जैसा द्रौपदी के बारे में कहते हैं वो उससे भी कहीं ज्यादा सुंदर थी। उसकी आंखें वाकई कमल के फूल की कलियों जैसी थीं।

लेकिन इन आंखों में मोटे-मोटे आंसू धरे थे।

भीम सबसे पहले बोले, "पांचाली! क्या हुआ?" उन्होंने द्रौपदी को दोनों हाथों से थामा और उनका ध्यान उसके फटे हुए दुपट्टे की ओर गया।

भीम की आंखों में लावा उतर आया था। लगता ही नहीं था कि यही भीम महाराज विराट के यहां रसोइए का काम कर रहे थे।

"किसने किया ये?"

"महाराज विराट के साले सेनापति कीचक ने! मैं एक ज़िन्दगी में कितनी बेइज़्ज़ती सहूं आर्य? मैंने क्या किया है आख़िर ऐसा?"

पांडवों के सामने फिर एक मुश्किल नागफणी की तरह मुंह बाये खड़ी थी।

भीम का ग़ुस्सा उस वक़्त किसी के संभाले नहीं संभल रहा था। उनकी आंखें लाल हो गई थीं और बाज़ुएं फड़कने लगीं थीं।

'मैं कीचक को नहीं छोड़ूंगा!'

युधिष्ठिर ने ही उन्हें ये कहकर शांत किया कि एक महीने की बात है। उनका कोई भी कदम उन्हें अपने राज्य से हमेशा के लिए दूर कर सकता था।

युधिष्ठिर परेशान थे। वो महाराज विराट के यहां मंत्री थे। जिस पासे के खेल में वह 13 साल पहले अपना सब कुछ कौरवों को हार आये थे, वो वही जुआ रोज़ महाराज को खिलाते थे। द्युत क्रीड़ा।

इसी द्युत के खेल में पांडव द्रौपदी को भी हार गये थे। तब द्रौपदी की भरी सभा में बहुत बेइज़्ज़ती की गई थी। उसी के बाद पांडवों को 13 साल के वनवास पर भेज दिया गया था जिसमे से 1 साल अज्ञात वास का था। इस एक साल में अगर किसी ने भी पांडवों को पहचान लिया तो यह वनवास फिर शुरू हो जाता।

नकुल और सहदेव भी युधिष्ठिर से सहमत थे। अर्जुन कुछ नहीं बोले थे। उन्होंने बस द्रौपदी के कंधे पर हाथ रखा था। एक बार फिर उसी पेड़ का तना सहलाया।

भीम ने उनसे कहा था, "बहुत जल्द हमारे शस्त्र इस पेड़ पर नहीं हमारे कन्धों पर होंगे अर्जुन। हम पांचाली के हर अपमान का बदला लेंगे।"

इसके बाद वहां से सब अलग-अलग दिशाओं में निकल गये।

समय बड़ा बलवान है। एक राजा को भी दास बनाकर रख दिया। ऐसे योद्धा जिनसे जीतने का दम पूरे हिन्दुस्तान में किसी के पास नहीं था, ऐसे राजकुमार जिनका राज्य घाटी से समुद्र तक फैला था, वह एक छोटे से राज्य के राजा का अस्तबल संभाल रहे थे। गायें चरा रहे थे। उसकी रसोई में खाना बना रहे थे और औरत का वेश बना उसकी बेटी को नृत्य सिखा रहे थे।

वहां महल में अजीब हलचल मची हुई थी। हर कोई राजसभा की ओर जा रहा था। लोग आपस में बात कर रहे थे।

"आज तो सेनापति कीचक ने अन्याय की हद कर दी। महारानी की दासी को बालों से पकड़कर राजसभा में ले आये..."

"महाराज ने भी कुछ नहीं किया!"

राजसभा लोगों से अटी पड़ी थी। कीचक की निर्दयी हँसी सारे भवन में गूंज रही थी। द्रौपदी वहीं ज़मीन पर गिरी हुई थी। उसके खुले केश बिखरे हुए थे और होंठ के पास से खून बह रहा था। मंत्री कंक यानी युधिष्ठिर के बगल में भीम खड़े थे। उनकी आंखों में अंगारे साफ़ थे।

अचानक कीचक ने बढ़कर द्रौपदी को अपने पैर से धकेलते हुए कहा, "दासी है तू! एक मामूली बाल सजाने वाली सैरंध्री! इस राजसभा में भी तेरी मदद के लिए कोई नहीं आएगा! यहां सेनापति भी मैं हूं और राजा भी!"

द्रौपदी कराह रही थी। सभा शर्म से गड़ी जा रही थी, लेकिन किसी में इतनी हिम्मत नहीं हुई कि मदद को आगे आए। जब राजा ही अपने साले को नहीं रोक रहे तो और कोई क्या रोकता!

कीचक किसी खुले जंगली जानवर की तरह सारी सभा में टहल रहा था। तभी द्रौपदी खड़ी हुई और बोली, "आज तुमने मेरा ही नहीं मेरे पांच महावीर पतियों का अपमान किया है कीचक! वो तुम्हें छोड़ेंगे नही!!"

शाम हो चली थी। महल में एक बार फिर मृदंग की गूंज सुनाई देने लगी।

रंगशाला अंधेरे में डूबी हुई थी। बमुश्किल 4 या 5 मशालें ही जल रही होंगी। वादक मृदंग बजा रहा था और बृहन्नला नृत्य कर रही थी।

पर क्या उस नृत्य को नृत्य कहा भी जा सकता था? तांडव! तांडव था वो! उस दिन उत्तरा के साथ नृत्य करने वाली बृहन्नला तो कोई और ही थी। शिव का रौद्र तांडव शायद ऐसे ही होता होगा! पसीना पानी की तरह शरीर से बह रहा था। बृहन्नला के पांव इतने तेज़ थिरक रहे थे कि दिखाई नहीं देते थे। आंखों से ऐसा तेज कि कोई सामने आ जाये तो जल ही जाए।

तभी बृहन्नला के घुंघरू टूट गये। कुछ बिखर कर उसके पैरों में भी चुभ गये। पैर लहूलुहान हो गये, वादक मृदंग छोड़कर उठ गये। बृहन्नला बस गोल-गोल घूमे जा रही थी।

तभी वहां द्रौपदी आईं। वो हैरान थीं, दुखी थीं। जब उनका जीवन एक हास्य से ज़्यादा कुछ नहीं रह गया था। जिसका जब मन करता है वैसे अपमान कर देता और उनके लिए खड़ा होने वाला कोई नहीं था। और यहां अर्जुन, उनके पति नृत्य कर रहे हैं?

शायद द्रौपदी नहीं जानतीं कि यह नृत्य नहीं है! ये तांडव है! रौद्र तांडव!

कीचक का संहार होना तय है! द्रौपदी के अपमान का बदला कीचक को चुकाना होगा!

बृहन्नला के भीतर का अर्जुन बदले की आग में जल गया था।

कीचक एक अबूझ पहेली बनकर पांडवों के सामने था। द्रौपदी के बिखरे खुले बाल और उसके होंठ के पास की चोट उन पांचों भाइयों को दिन-रात कचोट रही थी।

सब एक बार फिर वहीं श्मशान पर मिले।

"भैया मैं कीचक की बांहें उखाड़ दूंगा! उसकी हिम्मत कैसे हुई पांचाली को छूने की?"

भीम गरज रहे थे।

बृहन्नला का भेस बनाये अर्जुन उसी शस्त्रों वाले पेड़ के पास खड़े थे।

युधिष्ठिर बोले, "अज्ञात वास ख़त्म होने में अब एक महीने से भी कम है भीम। हम इस समय ऐसा कुछ भी नहीं कर सकते जिससे किसी को भी हमारी पहचान पर संशय हो।"

"क्या फिर से वनवास हो जाने के डर से हम पांचाली का यूं ही अपमान होने दें बड़े भैया?" नकुल अनमना हो उठा।

"पांचाली का हमारी पत्नी होने के अलावा दोष ही क्या है?" सहदेव ने अपनी चुप्पी तोड़ते हुए कहा।

"पांचाली के अपमान का बदला लिया जायेगा सहदेव! और ये बदला हम कल रात ही पूरा करेंगे।" अब तक शांत खड़े अर्जुन बोले।

"बच्चों जैसी बात मत करो अर्जुन!" युधिष्ठिर समझाते हुए बोले।

"बच्चों जैसी नहीं, योद्धाओं जैसी बात कर रहा हूं बड़े भैया!"

"रंगशाला रात के वक़्त बिलकुल खाली रहती है। अगर हम किसी तरह वहां कीचक को ले आएं तो भीम भैया और कीचक का मल्लयुद्ध वहीं हो जायेगा। कीचक खुद मल्लयुद्ध में तेज़ है, हम में से और कोई उससे नहीं जीत सकता।"

"मल्ल युद्ध चुपचाप नहीं लड़ा जाता अर्जुन। दो बलशाली मल्ल जब युद्ध करते हैं तब भयानक शोर होता है, और शोर होने पर सबका ध्यान हमारी ओर आ ही जायेगा।" भीम ने कहा।

"उसका ख़्याल मैं, सहदेव और नकुल रख लेंगे। सहदेव अपनी गायों को बहुत अच्छे से समझता है और नकुल अपने घोड़ों को। नकुल घुड़साल में घोड़ों को नहीं सोने देगा और सहदेव अपनी गायों को हांकता रहेगा। महल के भीतर मैं उत्तरा को रात्रि में तांडव नृत्य सिखाने के लिए मृदंग बजाऊंगा।

किसी को शक नहीं होगा और रंगशाला से आवाजें बाहर नहीं जाएंगी।" अर्जुन ने सारी योजना समझाते हुए कहा।

"लेकिन कीचक मध्य रात्रि में रंगशाला आएगा ही क्यों? हम उसे वहां लेकर कैसे आएंगे?"

युधिष्ठिर ने पूछा।

"कीचक को रंगशाला लाने का काम मेरा है आर्य! कीचक रंगशाला ज़रूर आएगा।"

द्रौपदी ने आत्म-विश्वास से भरकर कहा।

कीचक की मौत अब तय थी। लेकिन इस सबके बाद पांडवों का क्या होगा?

अगली सुबह द्रौपदी बिना अपना चेहरा ढके कीचक के भवन के पास वाले बागों में ही घूम रही थी। वहां के बाग़ राज्य के सबसे सुंदर बाग़ थे। ऐसे फूल, ऐसी सजावट खुद महाराज विराट के बाग़ की नहीं थी।

कीचक महाराज का साला होने के कारण एक बेकाबू पशु जैसा हो गया था। न उसे कोई रोकने वाला था न टोकने वाला।

जब उसने द्रौपदी को अपने बाग़ में देख तो वो फिर उसकी ओर चला आया। उसने द्रौपदी के कंधे पर हाथ रखा और कहा, "मैं तुम पर हाथ नहीं उठाना चाहता था। पर तुम्हें भी मेरी बात मान लेनी चाहिए थी। तुम्हारी सुंदरता पर मैं ये सारा राज्य वार सकता हूं, तुम क्यों नहीं चलती मेरे साथ?"

द्रौपदी कीचक के हाथों से दूर हटती हुई बोली, "मेरे पति बहुत ही क्रूर हैं, सेनापति! उन्हें अगर भनक भी पड़ गई तो वो मुझे मार डालेंगे!"

"मेरे रहते तुम्हें कोई कुछ नहीं कर सकता!" कीचक पास आते हुए बोला।

"तो फिर ठीक है, रात के समय रंगशाला में कोई नहीं रहता। आप मध्यरात्रि में मुझसे वहीं मिलिएगा।"

इतना कहकर द्रौपदी वहां से चली गई।

कीचक, अपनी मौत के तय समय से अनजान, रात की तैयारियों में लग गया।

घड़ियालों ने पहर बदलने का नाद किया। मध्यरात्रि से कुछ पहले ही महल के अस्तबलों और गौशालाओं से आवाजें आने लगीं थीं। महल

की औरतें आपस में बात करने लगीं कि जानवरों का यूं रोना शुभ शगुन नही है।

बृहन्नला उत्तरा के कमरे में थी। उत्तरा को सिखाने के लिए बृहन्नला खुद तांडव करने वाली थी।

मध्यरात्रि का नाद हुआ। ठीक इसी वक़्त कीचक ने रंगशाला में प्रवेश किया। रंगशाला में घुप्प अंधेरा था। बीचोबीच पड़े पलंग पर एक स्त्री बैठी थी। कीचक उसके समीप पहुंचा और फिर जैसे ही उसने उसके कंधे पर हाथ रखा, भीम ने ओढ़ी हुई दुशाला फेंकी और पलट कर कीचक का हाथ मोड़ दिया।

ठीक इसी वक़्त मृदंग और घुंघरुओं की आवाज़ से महल गूंज गया। बाहर जानवरों की आवाजें और तेज़ हो गईं थीं।

भीम और कीचक में भीषण युद्ध मच गया। कभी भीम कीचक को पटकनी देते, कभी कीचक भीम को! उधर बृहन्नला के घुंघरुओं की आवाज़ डरावनी, होती जा रही थी.. भीम ने कोहनी गड़ाकर कीचक की बाजू ऐसी खींची की कीचक की बाजू उखड़ गई। कीचक थक गया था। वो दर्द से कराहता रहा, चीखता रहा, पर उसकी आवाज़ किसी ने नहीं सुनी। भीम ने अगले दो वारों में कीचक को हमेशा के लिए शांत कर दिया था।

उधर बृहन्नला अपने एक पैर पर खड़े शिवमुद्रा में लीन थी और उत्तरा हाथ जोड़े उसके सामने खड़ी थी।

बाहर मवेशियों की आवाजें धीमी पड़ गई थीं। बृहन्नला के चेहरे पर एक अजीब मुस्कान थी।

अर्जुन ने आज सिद्ध कर दिया था कि युद्ध सिर्फ बाहुबल नहीं बल्कि बुद्धि के बल पर भी जीते जाते हैं।

शिखा द्विवेदी

एक थी उर्मिला

अयोध्या के राजमहल में सन्नाटा पसरा हुआ था। सिर्फ राजमहल ही नहीं पूरी अयोध्या ही सूनी सी, खामोश नज़र आ रही थी। न बच्चों के खेलना का शोर था और न सरयू के तट से पनिहारिनों की हँसी ठिठोली की आवाज़ आ रही थी। पूरे राज्य ने उदासी की कोई चादर ओढ़ ली थी और इस उदासी की वजह थी राजकुमार राम का 14 साल के वनवास पर जाने का फ़ैसला। राम की सौतेली मां कैकेयी ने जब उन्हें वन जाने के लिए कहा तब उन्होंने उनकी बात मानने से पहले एक पल भी नहीं सोचा। राम के साथ-साथ उनकी पत्नी सीता और छोटे भाई लक्ष्मण भी वन जा रहे थे।

एक ही दिन में पूरा राजपरिवार टूटता-बिखरता नज़र आ रहा था। राजा दशरथ खुद को संभाल नहीं पाए थे। वो राम का नाम लेते-लेते बेहोश हो रहे थे। रानी कौशल्या और सुमित्रा कभी अपने पति को संभालतीं तो कभी अपने बेटे राम और लक्ष्मण को वन जाने से रोकने की कोशिश करतीं। राजमहल के हर कोने, हर कमरे से सिसकियों की आवाज़ सुनाई दे रही थी, सिर्फ एक कमरे को छोड़कर। और वो कमरा था राजकुमार लक्ष्मण और उनकी पत्नी उर्मिला का। जब कुछ देर पहले लक्ष्मण ने उर्मिला से अपने वन जाने की बात कही तो उर्मिला कुछ देर बिल्कुल शांत खड़ी रहीं फिर जैसे ही उन्होंने कुछ कहना चाहा। उनसे पहले लक्ष्मण बोल उठे, "हम वन में भईया और भाभी की सेवा पूरी निष्ठा से तभी कर सकेंगे जब आप यहीं राजमहल में रहें।" उर्मिला अब भी चुप थीं। कुछ देर पहले वह जो

कहना चाहती थीं वह कहे बिना चुपचाप कमरे से बाहर चली गईं। लक्ष्मण उर्मिला के इस बर्ताव से हैरान थे। उन्हें कुछ समझ नहीं आया कि उर्मिला उनके फ़ैसले में उनके साथ थीं या फिर उनसे नाराज़?

फिर कुछ देर बाद जब उर्मिला वापस कमरे में लौटीं तो उनके हाथ में रूद्राक्ष की एक माला थी। वह सीधा चौकी पर बैठकर अपने बालों का जूड़ा बनाते लक्ष्मण के पास गईं और बिना कुछ कहे रूद्राक्ष की वो माला उनके जूड़े में लपटने लगीं। लक्ष्मण अपने सामने लगे शीशे में उर्मिला के चेहरे को एक टक देखते रहे। शायद अपनी पत्नी के मन की दशा को उनके चेहरे के भावों से समझने की कोशिश कर रहे थे।

बहुत कोशिश करने के बाद भी लक्ष्मण को उर्मिला के चेहरे पर न उदासी के भाव दिखे और न ही कोई नाराज़गी। उर्मिला फिक्रमंद थीं पर बाहर से एकदम शांत। उनका मन पति से दूर रहने के दर्द से भरा था, पर वह अपने आंसुओं को अपने पति की कमज़ोरी नहीं बनने देना चाहती थीं। जब लक्ष्मण ने धीरे से उनका हाथ अपने हाथों में लेकर उनकी आंखों में आंखें डालकर पूछा, "उर्मिला, तुमने कोई उत्तर नहीं दिया? तुम्हारा ये मौन हमें पीड़ा दे रहा है।" तब उर्मिला कुछ पल के लिए कमज़ोर पड़ती दिखी। वह अपने मन का सारा दर्द, पति के लिए फिक्र, उनसे दूर होने की पीड़ा, सब कुछ कह देना चाहती थीं। पर फिर उन्होंने खुद को रोक लिया। अपने आंखों में उतर आए आंसुओं को छिपाने के लिए वे लक्ष्मण की ओर पीठ करके खड़ी हो गईं। फिर धीरे से बोलीं, "सुमित्रानंदन, आपके निर्णय का विरोध होता तो आपके साथ वन जाने के लिए तैयार खड़ी होती।" उर्मिला के उस जवाब ने लक्ष्मण के सिर से जैसे कोई बोझ उतार दिया था। अब वे बिना किसी अपराधबोध के अपने भाई-भाभी का साथ देने वनवास पर जा सकते थे। मुस्कुराते हुए लक्ष्मण उर्मिला के सामने गए और उन्हें अपनी बांहों में भर लिया। उर्मिला ने कुछ देर के लिए अपनी आंखें कस कर बंद कर लीं वे उस स्पर्श और उस पल को क़ैद करके रख लेना चाहती थीं, ताकि अगले 14 वर्ष इन यादों के

सहारे खुद को टूटने और कमज़ोर पड़ने से बचाती रहें। क्योंकि वे जानती थीं कि उनका टूटना बहुत से लोगों को बिखेर देगा और उर्मिला ऐसा बिलकुल नहीं चाहती थीं।

अगले दिन राम-लक्ष्मण और सीता अयोध्या से दूर वन के लिए निकल रहे थे, तब हर अयोध्यावासी की आंखें नम थीं। सिवाए उर्मिला के। वे कभी रो-रो कर बेहाल हुई रानी कौशल्या और सुमित्रा को संभाल रही थीं, तो कभी बेहोशी की हालत में अपने कमरे में लेटे राजा दशरथ को। जो बार-बार होश आने पर राम को अपने सामने लाने की ज़िद कर रहे थे। उर्मिला हर बार धैर्य के साथ, एकदम संयमित स्वर में उन्हें राम के वापस आने का भरोसा दिला रही थीं और दशरथ उनकी आंखों में झलकली उम्मीद पर भरोसा करके वापस बिस्तर पर लेट जाते।

वैसे उर्मिला से दूर होना लक्ष्मण के लिए भी आसान नहीं था। उन्हें कभी पेड़ों से छनकर आती हवा में उर्मिला की हँसी सुनाई देती, तो कभी रात के सन्नाटे में पलकें बंद करते ही उनका चेहरा दिखता। शायद इसीलिए लक्ष्मण ने रात को सोना ही छोड़ दिया था। वो दिन भर राम और सीता की सेवा में लगे रहते और रातभर जागकर कुटिया के बाहर पहरा देते थे। पर जो मन में बसा हो उसे भुलाना आसान नहीं होता।

एक दिन वे लकड़ियां लेकर कुटिया की ओर लौट रहे थे, तब अचानक ही तालाब में खिले कमल को देखकर रुक गए। उन गुलाबी फूलों ने लक्ष्मण को उर्मिला का मुस्कुराता चेहरा याद दिला दिया। शादी के बाद उन्होंने ऐसे ही कमल पुष्पों की माला उर्मिला को तोहफ़े के रूप में दी थी। जानते थे कि उर्मिला को क़ीमती गहनों से ज़्यादा फूलों से प्यार था और कमल का फूल तो उन्हें सबसे प्रिय था। उर्मिला कितनी ही नाराज़ हों, कमल के फूलों को देखते ही उनके चेहरे पर मुस्कान आ जाती थी।

पर शायद लक्ष्मण ये नहीं जानते थे कि उनके वन जाने के बाद मुस्कुराहट उर्मिला के चेहरे का रास्ता भूल गई थी। साज-शृंगार से प्यार करने वाली उर्मिला के बाल बिखरे हुए रहते, न बालों में गजरा, न आंखों

में काजल और न होठों पर कोई लाल रंग। उन्हें देखकर ऐसा लगता जैसे कई दिनों से खुद को आईने में देखा ही न हो।

उर्मिला ने अपने लिए वक़्त ही कहां छोड़ा था? वो अपना सारा वक़्त राजमहल के इंतज़ाम देखने में लगा देती थीं। राजपरिवार के खाने से लेकर साफ-सफाई तक के सारे काम उर्मिला अपनी निगरानी में करवाती थीं। बागीचे में पानी देने का काम भी खुद ही करतीं पर फूल पौधे, तितलियां, भंवरे उन्हें अब मोहते नहीं थे।

उर्मिला ने खुद को तो भुला दिया था, पर लक्ष्मण की याद हर पल, हर क्षण उनके साथ थी, तभी तो एक रोज़ पौधों में पानी देते देते बगीचा कब तालाब में बदलने लगा। इसका पता उर्मिला को तब चला जब दूर खड़ी एक दासी ने उन्हें आवाज़ दी।

उर्मिला अपने भीगे हुए कपड़े बदलने जब कमरे में पहुंचीं तो देखा एक दासी उनके बिस्तर की चादर बदलने जा रही थी। उन्होंने दौड़कर उसका हाथ पकड़ लिया, "यह क्या कर रही हो?" दासी घबराकर पीछे हट गई, फिर सिर झुकाकर बोली, "राजकुमारी जी, हम तो बस यह चादर बदल रहे थे।"

"नहीं, बदलने की कोई आवश्यकता नहीं। 14 वर्षों तक हमें इस कक्ष में कोई परिवर्तन नहीं चाहिए।" उर्मिला ने कुछ तेज़ आवाज़ में कहा था। दासी उसी वक़्त कमरे से बाहर चली गई। उर्मिला ने उस आधी बिछी और आधी बिखरी चादर को फिर से ठीक किया और गीले कपड़े बदलकर उस पर लेट गईं। लक्ष्मण को वन गए कई दिन बीत गए थे, पर चादर से आती उनके इत्र की खुशबू उर्मिला को आज भी महसूस हो रही थी। वन जाने से पहले लक्ष्मण ने जो कपड़े पहने थे वो आज भी संदूक के ऊपर वैसे ही रखे थे। उर्मिला ने न उन्हें धोबी को धोने के लिए दिया और न ही संदूक के अंदर रखा। सिर्फ ये चीज़े ही नहीं कमरे की खिड़की के पास कुछ रंग और एक अधूरी तस्वीर भी रखी थी। वह तस्वीर लक्ष्मण की थी, जिसे उर्मिला खुद बना रही थीं। रंगों से बहुत लगाव था उन्हें। एक दिन जब लक्ष्मण ने उन्हें चिढ़ाते हुए कहा, "हम तो आपको चित्रकार तब ही मानेंगे जब आप

हमारा कोई चित्र बनाएंगी।" बस उसी दिन से उर्मिला छिपकर छिपकर ये तस्वीर बना रही थीं। सोचा था शादी की अगली वर्षगांठ पर लक्ष्मण को उपहार के तौर पर देंगी। उस वक़्त नहीं जानती थीं कि अगले 14 साल, शादी की हर वर्षगांठ पर वो अकेली होंगी, अधूरी होगीं, बिल्कुल तस्वीर की तरह।

उर्मिला बिस्तर पर लेटे-लेटे उस तस्वीर को देख रही थीं, उसी वक़्त एक दासी घबराई हुई दौड़ते हुए उनके पास आई, "राजकुमारी। वो...वो महाराज!"

"क्या हुआ पिताश्री को?" दासी के मुंह से महाराज दशरथ का नाम सुनते ही उर्मिला बिस्तर से उठ गई। दासी उनके पूछे सवाल का कोई जवाब देती इससे पहले ही वो दौड़ते हुए कमरे से बाहर निकल गई।

उर्मिला जब महाराज दशरथ के कमरे में पहुंची तो देखा वह बिस्तर से नीचे गिरे हुए थे। रानी कौशल्या और सुमित्रा सेवकों की मदद से उन्हें उठाकर बिस्तर पर लिटा रही थीं। उर्मिला ने बिना एक पल गंवाए राजवैद्य के पास बुलावा भेज दिया और फिर खुद अपने ससुर के सिरहाने बैठकर उनकी हथेली मलने लगीं।

आंखें बंद किए दशरथ बस राम का नाम लिए जा रहे थे। उर्मिला ने पहले की तरह एक बार फिर उन्हें राम के वापस आने का भरोसा दिलाना चाहा, पर इस बार देर हो चुकी थी। एक आखिरी सांस के साथ ही राजा दशरथ की हथेली उर्मिला के हाथों से फिसल गई।

चार-चार पुत्रों के होते हुए भी जब राजा दशरथ ने आखिरी सांस लीं, उस वक़्त उनके पास कोई नहीं था। राम और लक्ष्मण वनवास पर गए थे और भरत शत्रुघ्न अपने ननिहाल। पिता की मौत का समाचार मिलने पर भरत जब अयोध्या लौटे तो यहां एक और दुख उनका इंतज़ार कर रहा था। उन्हें जब यह पता चला कि उनकी मां ने उन्हें राजा बनाने के लिए बड़े भाई राम को वनवास भेज दिया है, तो उनका ग़ुस्सा अपने बस में नहीं रहा। इस ग़ुस्से में गहरी बेचैनी थी, दुःख था, बेबसी थी। अपनी मां के किए अपराध

के लिए भरत खुद को ही दोषी मानने लगे। उन्हें पश्चाताप के अलावा और कोई रास्ता नहीं दिख रहा था। उन्होंने फ़ैसला किया कि वह पूरे परिवार के साथ वन जाएंगे और भाई राम को वापस अयोध्या लेकर आएंगे।

महाराज दशरथ की मौत से दुखी परिवार को खुशी की एक किरण नज़र आई थी। कौशल्या और सुमित्रा की आंखों में अपने बेटों से मिलने की चमक दिखाई देने लगी। एक उम्मीद उर्मिला के मन में भी जागी थी। लक्ष्मण और उनका वियोग ख़त्म होने की उम्मीद।

उस सुबह उर्मिला बहुत दिनों बाद आइने के सामने बैठी थीं। दासी जब उनके बाल बनाने आई तो उन्होंने उसे रोक दिया। फिर खुद ही अपने बालों में बेला के फूलों की माला सजाने लगीं। आंखों में काजल, पैरों पर लाल अलता और माथे पर दीप-दिपाता सिंदूर। उस दिन उर्मिला एक नये ही रूप में दिख रही थीं। जब वो अपने कमरे से बाहर आईं तो उन्हें देखते ही सुमित्रा ने उनके माथे पर काला टिका लगा दिया था। डर रही थीं कि कहीं उनकी बहू की उम्मीद, उसकी खुशी को किसी की नज़र न लग जाए।

चार दिनों की यात्रा के बाद पूरा राजपरिवार चित्रकूट पहुंचा था। वहां वन में राम अपनी कुटिया के बाहर ध्यान में बैठे थे। सीता मिट्टी के चूल्हे पर खाना पका रही थीं और कुछ ही दूर लक्ष्मण कुल्हाड़ी से लकड़ियों के टुकड़े कर रहे थे।

वहां पहुंचकर जब भरत और पूरा परिवार राम को अयोध्या चलने के लिए मना रहा था, तब सबकी नज़रें बचाकर उर्मिला लक्ष्मण के करीब पहुंच गई और फिर अपनी ओढ़नी के कोने से उनके माथे पर आया पसीना पोंछने लगी। उस वक़्त न लक्ष्मण ने उनसे कुछ कहा और न उन्होंने लक्ष्मण से कुछ पूछा, दोनों ने एक दूसरे की आंखों से ही एक दूसरे के दिल का हाल जान लिया था।

कुछ देर बाद उर्मिला ने अपने साथ लाए थैले से एक बर्तन निकाला और लक्ष्मण की ओर बढ़ा दिया। लक्ष्मण ने कपड़े से ढके उस बर्तन को खोलकर देखा तो उसमें खीर थी। उनका प्रिय व्यंजन। उन्होंने बर्तन को

वापस कपड़े से ढका और एक ओर रख दिया। फिर उर्मिला के कंधे पर हाथ रखते हुए बोले, "भइया पिताजी को दिया वचन पूरा किए बिना वापस नहीं जाएंगे। हमें 14 वर्ष बीतने का इंतज़ार करना ही होगा!"

उर्मिला ने मुस्कुरा कर सिर हिलाया। लक्ष्मण की आंखें लगातार उर्मिला की आंखों में उतर रही तकलीफ को पढ़ने की कोशिश कर रही थीं। पर वो एक बार फिर असफल रहीं। यह जनक दुलारी अपनी खुशियां तो सबसे साझा कर लेती थीं, पर अपने मन में भरा दर्द किसी तक नहीं पहुंचने देती थीं।

उधर भरत राम को वापस चलने के लिए मनाने में असफल रहे। पूरा परिवार जिस उम्मीद से वहां गया था वो टूट गई। सभी को ख़ाली हाथ अयोध्या वापस लौटना पड़ा। सिवाए उर्मिला के। उनके हाथ में लक्ष्मण का दिया एक मोरपंख था। जो लक्ष्मण ने वापस लौटती उर्मिला की हथेली में धीरे से थमा दिया था। वह सिर्फ एक मोरपंख नहीं था, लक्ष्मण के उनके करीब होने का एहसास था। जो अब हर वक़्त उर्मिला के साथ रहता था।

वह कभी उसे अपने गालों पर फिराती, तो कभी सिरहाने रखकर सो जाती। कमरे में रखी उस अधूरी तस्वीर में भी वह उस मोरपंख से रंग भरने लगी थी। लक्ष्मण के वहां न होने पर भी उर्मिला ने उनके होने का एहसास खोज लिया था।

उर्मिला का मन शांत था पर सुमित्रा को अपनी बहू की खामोशी, उसका हर वक़्त खुद में खोए रहना परेशान कर रहा था। और फिर एक दिन वे अपने मन की बात कहने उर्मिला के पास पहुंच गईं। उस वक़्त उर्मिला कमरे की खिड़की के पास खड़ी दूर दक्षिण दिशा की ओर देख रही थीं। सुमित्रा धीरे से उनके करीब गईं और अपना हाथ उनके कंधे पर रख दिया, "पुत्री, तुम लक्ष्मण से वियोग की पीड़ा बाहर क्यों नहीं आने देती? अपने अश्रुओं को बांधकर क्यों रखा है? निकल जाने दो सारा दुख, मन शांत हो जाएगा।"

सुमित्रा के सवालों को सुनकर उर्मिला कुछ देर ख़ामोश रहीं। फिर उनका हाथ अपने हाथों में लेकर बोलीं, "मां, आपके पुत्र तो हर समय हमारे मन में हैं, तो फिर वियोग कैसा? अश्रु किसलिए? और दक्षिण दिशा तो हर समय हमारे नेत्रों के सामने है, फिर उनसे दूरी कैसी?"

बस इतना कहकर उर्मिला फिर से खिड़की की ओर बढ़ गईं और उनकी आंखें एकटक दक्षिण की ओर देखने लगीं। उस दिशा की ओर ही तो था चित्रकूट, जहां लक्ष्मण राम-सीता के साथ वनवास के दिन काट रहे थे। और वे इतनी दूर से ही उन्हें अपने करीब महसूस कर रही थीं।

खुद को दी चुनौती उर्मिला ने जीत ली थी। अपने वियोग को अपने प्रेम से हरा दिया था।

लव-कुश

गंगा नदी के तट पर बसा है एक छोटा सा कस्बा, बिठुर। पर कई हज़ार साल पहले यह इलाक़ा कोसल राज्य का हिस्सा था, राजा राम के राज्य का हिस्सा। और बिठुर कहलाता था ब्रह्मावर्त।

घने जंगल से घिरे उन इलाक़े के बीचों-बीच था ऋषि वाल्मीकि का आश्रम। वह सुबह भी बाकी दिनों की तरह ही थी। शांत आश्रम में बहती हवा की आवाज़ साफ सुनाई दे रही थी। मोर बारिश होने की उम्मीद में नाच रहे थे और हिरणों का झुंड इधर से उधर दौड़ रहा था।

ऋषि वाल्मीकि भी रोज की तरह गंगा स्नान से लौटकर अपनी कुटिया के बाहर बने चबूतरे पर आसन जमा कर बैठे थे। उनकी कुटिया से कुछ दूर पर ही बनी एक दूसरी कुटिया के बाहर बैठे थे दो बच्चे। यही कोई दस-बारह साल के। सिर पर ऋषि-मुनियों जैसा जूड़ा। बदन पर केसरिया कपड़े, गले में काला धागा और पास में रखे छोटे छोटे दो धनुष और तरकश। में कुछ तीर। लव-कुश नाम था दोनों का। वे चुपचाप अपने तरकश के तीरों को एक छोटे से कपड़े से साफ करने में लगे थे। वैसे उस रोज आश्रम में इतनी शांति की वजह उन दोनों की चुप्पी भी थी। रोज कहां ऐसे शांत बैठते थे वे। सुबह होते ही हिरणों और खरगोश के झुंड के पीछे-पीछे दौड़ने लगते थे और उनके खेलने का शोर वहां रहने वालों को इस शांति से कहीं ज़्यादा अच्छा लगता था।

पर कल रात से ही दोनों उदास थे। वजह थी कल आश्रम में पढ़ने वाले एक बच्चे से मिलने आए उसके पिता, वे अपने साथ अपने बेटे के लिए

बहुत से तोहफे भी लाए थे। नहीं, उन तोहफ़ों का कोई लालच नही था लव कुश के मन में। बल्कि बाप-बेटे के उस प्यार को देखकर मन उदास हो गया था उनका। दोनों आंखों में आंसू लिए दौड़ते हुए अपनी मां सीता के पास पहुंच गए और रोते हुए सवालों की झड़ी लगा दी थी, "मां। आप क्यों नहीं बतातीं हमारे पिता कौन हैं? नाम क्या है उनका? कहां रहते हैं वे? आश्रम के सारे बच्चों के पिता उनसे मिलने आते हैं। फिर हमारे पिता क्यों नहीं आते?" दोनों रोते-रोते मां से लिपट गए थे।

सीता अपने बेटों के सिर पर हाथ फेरती मौन खड़ी रहीं। उनके लिए ये सवाल कोई नये नहीं थे, उनके बेटों को जब से रिश्तों की समझ हुई थी तब से अक्सर वे उन्हें इन सवालों के घेरे में खड़ा कर देते, जिसका जवाब चाहकर भी नहीं दे पाती थीं वे उस रोज भी चुप रह गई थीं सीता और उदास हो गए थे लव-कुश।

उदास लव-कुश को ऋषि वाल्मीकि ने बहुत समझाया कि उनके पिता एक दिन उनसे मिलने ज़रूर आएंगे। पर इस बार वे बच्चे उनकी बात पर भरोसा करने को तैयार नहीं थे। उस रात बिना कुछ खाए ही सो गए थे दोनों। उन दोनों के भीतर गहरी उदासी और अपने पिता से नाराज़गी भी थी। लव-कुश कुछ भी नहीं जानते थे अपने पिता के बारे में। उनके पास न पिता की कोई याद थी, न छवि थे । तो ढेरों सवाल और उनके साथ न होने की नाराज़गी।

उस रोज़ भी ग़ुस्से से भरे दोनों बच्चे कुटिया के बाहर चुपचाप बैठे थे। सुबह से किसी से कोई बात नहीं की थी दोनों ने। तभी अंदर से उनकी मां सीता बाहर आईं और पत्तों से बने दोने में रखे फल उनकी ओर बढ़ा दिए, "लव-कुश, तुम दोनों ने रात्रि से कुछ नहीं खाया है। ये खा लो पुत्र और जाकर वाटिका से पूजा के लिए कुछ पुष्प तोड़ लाओ।" अपने दोनों बच्चों के सिर पर प्यार से हाथ फेरकर सीता वापस अंदर चली गईं।

लव-कुश वहां फैले तीर और धनुष उठाकर बगीचे की ओर बढ़ गए। मां के किसी काम के लिए कभी न नहीं कहते थे दोनों। ग़ुस्से में भी नहीं। अपने साथ मां के दिए फल भी ले गए थे वे।

"लव तुम्हें नहीं लगता हमें स्वयं अपने पिता को खोजने का प्रयत्न करना चाहिए।" कुश की ये सलाह सुनकर लव रुक गया।

"विचार बुरा नहीं है, पर कैसे?"

लव के सवाल का कुश के पास कोई जवाब नहीं था। पर वे दोनों ज़रूर समझ गए थे कि उनकी मां और ऋषि वाल्मीकि से उन्हें अपने पिता के बारे में कुछ पता नहीं चलेगा। उन दोनों ने बगीचे से फूल तोड़े और ले जाकर कुटिया के बाहर रखी एक टोकरी में रख दिए। वापस आश्रम से बाहर की ओर चल दिए। वे बच्चे यह तो नहीं जानते थे कि उनके पिता कहां रहते थे पर उन्होंने उन तक पहुंचने का फैसला ज़रूर कर लिया था। कुछ दूर ही गए थे दोनों, तभी उन्हें किसी जानवर की आवाज़ सुनाई दी। दोनों ने चारों ओर देखा पर कुछ दिखाई नहीं दिया। तभी सामने पेड़ों को चीरता हुआ एक घोड़ा उन्हें अपनी ओर आता दिखा। हवा से भी तेज़ रफ़्तार थी उसकी।

वे दोनों छोटे बच्चे उस ऊंचे पूरे घोड़े को अपनी ओर आता देखकर भी नहीं डरे। लव दौड़कर पास के एक पेड़ पर चढ़ गया जैसे ही वह घोड़ा उस पेड़ के करीब पहुंचा, वह कूदकर उसकी पीठ पर सवार हो गया और कसकर उसकी लगाम पकड़ ली। नीचे खड़े कुश ने भी उसकी लगाम का लटकता हुआ हिस्सा ज़ोर से पकड़ लिया। ज़्यादा देर बेकाबू नहीं रह सका वह घोड़ा। कुछ ही देर में शांत हो गया। आश्रम में ऋषि वाल्मीकि ने शास्त्र-शस्त्र के साथ-साथ घुड़सवारी की भी शिक्षा दी थी दोनों बच्चों को, जो आज उनके काम आई थी।

उन्होंने उस सफेद घोड़े को पास के एक पेड़ से बांध दिया। फिर कुछ देर ध्यान से देखते रहे उसे। ऊपर से नीचे तक फूलों और सुनहरे कपड़ों से सजा था। वो घोड़ा। पिछली रात से उदास उन बच्चों के चेहरे उस घोड़े को देखकर खिल उठे थे। उसकी गर्दन पर हाथ फिराते हुए कुश ने कहा, "लव अब हम इस पर बैठकर बिना थकान के पिताजी को खोज सकते हैं।" "लव ने कुश की हां में हां मिलाई और उस घोड़े को खिलाने के लिए वहां

फैले पेड़ के पत्तों को इकट्ठा करने लगा। घोड़ा उन हरे पत्तों को खाने लगा और वे दोनों भाई अपने साथ लाए मां के दिए वे फल। तभी उस घोड़े की गर्दन पर टंगा लकड़ी का एक लंबा टुकड़ा नीचे गिरा। लव ने उठाकर देखा तो उस पर एक कपड़ा लिपटा हुआ था और जिस पर लिखा था एक संदेश।

वो घोड़ा अयोध्या के राजा राम के अश्वमेध यज्ञ का घोड़ा था, जिसे रोकने का मतलब था राम की सेना के साथ युद्ध।

पर वे दोनों बहादुर बच्चे न राजा के नाम से डरे और न उसमें दी युद्ध की धमकी से। उल्टा वो ख़त पढ़कर ज़ोर-ज़ोर से हँसने लगे। दोनों ने तय कर लिया कि वे इस घोड़े को नहीं छोड़ेगे, फिर चाहे इसके लिए उन्हें राजा से लड़ाई ही क्यों न करनी पड़े। आखिर वह घोड़ा ही पिता को तलाशने का उनका रास्ता आसान करने वाला था। ऐसे कैसे छोड़ देते उसे?

कुछ ही देर में जंगल के पेड़ों को चीरती हुई घुड़सवारों की एक टुकड़ी आती दिखाई दी जो सीधा पेड़ से बंधे उस घोड़े के पास आकर रुकी। वे अयोध्या के सैनिक थे, जो उस घोड़े की सुरक्षा के लिए उसके पीछे चल रहे थे। सैनिकों के आगे चल रहे सेनापति अपने घोड़े से उतरकर उन बच्चों के पास गए और उन्हें प्यार से समझाते हुए बोले, "बालकों, ये घोड़ा अयोध्या के राजा का है। इसे छोड़ दो।" सेनापति की बात सुनकर लव मुस्कुराते हुए बोला, "जब यह घोड़ा हमें मिला तब इसपर कोई घुड़सवार नहीं था, इसलिए अब ये हमारा है। अगर यह आपको चाहिए तो हमसे युद्ध करना होगा।" उन बच्चों के मुंह से युद्ध की बात सुनकर वहां खड़े सैनिक हँसने लगे। सेनापति ने उन्हें समझाने की एक और कोशिश की, पर वे दोनों तो जैसे ज़िद पर अड़े थे। सारी कोशिशों के बाद भी जब सेनापति बच्चों को समझाने में नाकाम रहे तो उन्होंने उन दोनों को पकड़कर राजा के पास ले जाना चाहा। पर इतना आसान नहीं था उन छोटे धर्नुधारियों को पकड़ना। इससे पहले कि सैनिक उनतक पहुंचते, लव-कुश ने अपने तीरों से सारे सैनिकों को

बेहोश कर दिया। एक सैनिक बचता बचाता वहां से भागकर अयोध्या पहुंचा था और सारी ख़बर राजा के छोटे भाई भरत को दी। तब भरत ने खुद जाकर उन बच्चों को समझाने का ज़िम्मा उठाया।

उधर आश्रम में अपनी कुटिया के दरवाज़े पर खड़ी सीता, अपने बच्चों का इंतज़ार कर रही थीं। जानती थीं दोनों नाराज़ थे उनसे। टीस उनके मन में भी थी। हर मां की तरह वे भी चाहती थीं कि उनके बच्चे अच्छे वस्त्र पहनें, अच्छा खाना खाएं, अच्छे घर में रहें अपने बच्चों के लिए पिता का साथ वो भी चाहती थीं, पर मजबूर थी खुद से पति का नाम और पहचान छिपा कर ज़िंदगी जीने का वायदा किया था उन्होंने। चाहकर भी उसे तोड़ नहीं सकती थीं।

इधर लव और कुश घोड़े पर सवार होकर अपने पिता की तलाश में निकलने का सोच ही रहे थे, तभी रथ पर सवार भरत वहां पहुंच गए। वे अपने साथ बहुत से तोहफ़े, खिलौने और मिठाइयां लेकर आए थे। उन बच्चों को कुछ देर तो देखते ही रह गए वे। उनके कपड़े ज़रूर वनवासियों वाले थे, पर चेहरे का तेज और आंखों का गुरूर किसी राजवंशी से कम नहीं था। भरत के मन में उन बच्चों के बारे में जानने की उत्सुकता बढ़ गई, पर अपना परिचय देने की बजाए उन्हें युद्ध के लिए ललकारने लगे थे दोनों।

भरत ने उन दोनों को बहुत समझाया। अपने साथ लाए तोहफ़ों का लालच भी दिया, पर वे नहीं माने। तब उन्होंने लव को उठाकर अपने रथ में बिठा लिया। अपने भाई को मुसीबत में देखकर कुश को बहुत ग़ुस्सा आया। अपने धनुष से बाणों की बारिश शुरू कर दी उसने। भरत और उनके अंगरक्षकों को शस्त्र उठाने का मौका तक नहीं मिला। कुछ ही पल में वे सब ज़मीन पर बेहोश पड़े थे। कुशा से जन्में कुश ने सबको धूल चटा दी थी।

कहते हैं एक दिन ऋषि वाल्मीकि को लगा कि लव कहीं खो गया। उस वक़्त सीता पानी लेने नदी तट पर गई थीं। सीता को दुख न हो

इसलिए वाल्मीकि ने आस-पास की सूखी घास को इकट्ठा करके एक बच्चे का आकार दिया और मंत्रों से उसमें जान डाल दी। लेकिन जब सीता वापस आईं तो लव उनके साथ ही था। ऋषि वाल्मीकि को जल्दबाज़ी में किए अपने काम पर बहुत अफसोस हुआ, पर सीता तो ममता से भरी थीं। उन्होंने कुश से जन्में उस बच्चे को भी अपना पुत्र मान लिया।

सीता अपने दोनों बेटों को लेकर परेशान हो रही थी। बहुत देर हो चुकी थी और अब तक दोनों वापस नहीं लौटे थे। चिंता में डूबी सीता आश्रम के दरवाज़े की ओर बढ़ गईं और वहीं खड़ी होकर उन दोनों का इंतज़ार करने लगीं।

इधर जंगल में अब लव-कुश से घोड़ा वापस लेने हनुमान पहुंचे थे। राजा के भाई भरत, लक्ष्मण और शत्रुघ्न, सब अपनी-अपनी कोशिश में नाकाम होकर ज़मीन पर बेहाश पड़े थे। हनुमान को देखकर मुस्कुराने लगे दोनों। ऋषि वाल्मीकि से अयोध्या के राजा राम और उनके सेवक हनुमान की कहानी कई बार सुन चुके थे वो। लव ने कुश के कान में कुछ कहा और फिर दोनों ज़ोर-ज़ोर से राम नाम का कीर्तन करने लगे। राम कीर्तन सुनकर हनुमान भी आंखें बंद करके और हाथ जोड़कर वहीं बैठ गए। वे भूल ही गए कि यहां आए किस वजह से थे? लव ने मौका देखते ही एक रस्सी उठाई और कीर्तन में डूबे हनुमान को वहीं एक पेड़ से बांध दिया। यही तो योजना थी दोनों की। इतनी देर में हनुमान समझ गए कि वो दोनों कोई ऋषि कुमार नहीं थे। बड़े प्यार से हाथ जोड़कर उन्होंने जब लव कुश से उनका परिचय पूछा तो कुश ने बड़े रौब से कहा था, "ऋषि वाल्मीकि के शिष्य और माता सीता के पुत्र हैं हम।"

उन बच्चों के मुंह से सीता का नाम सुनकर हनुमान की आंखों में आंसू उतर आए। एक ही पल में जैसे कोई रिश्ता जुड़ गया था उनका। हाथ जोड़कर उन बच्चों की क़ैद में बैठ गए वे। ये सारा माजरा दूर से जाते

आश्रम के किसी निवासी ने देख लिया और फौरन जाकर सीता को ख़बर कर दी। अपने बच्चों के लिए परेशान सीता ऋषि वाल्मीकि के साथ तुरंत जंगल की ओर दौड़ पड़ी।

उधर अश्वमेध यज्ञ के घोड़े को छुड़ाने और अपने सभी लोगों को अयोध्या वापस ले जाने के लिए अब राजा राम खुद पहुंच चुके थे। उनके मन में एक ही सवाल था। "आखिर कौन हैं वे नन्हें वीर,जिनके समक्ष अयोध्या का कोई योद्धा न टिक सका?"

पर जब वो लव-कुश के सामने पहुंचे तो उनके मासूम चेहरे को देखकर सारे सवाल न जाने कहां चले गए? राम उन दोनों को देर तक देखते रहे। फिर पास जाकर बोले, "बालको, ये अश्व हमें लौटा दो। तुम जो चाहो, हम तुम्हें दे सकते हैं।" लव-कुश ने बिना ज़्यादा वक़्त लिए अपनी शर्त रख दी। कहने लगे, "आप हमारे पिता को खोज लाइए और अपना अश्व ले जाइए, अन्यथा युद्ध के लिए तैयार हो जाइए।" इतना कहकर अपने-अपने तरकश से तीर निकाल कर धनुष पर साध लिया था दोनों ने। तभी कोई उनके और राम के बीच आ गया। सीता थीं। उन्होंने दौड़कर अपने बच्चों को सीने से लगा लिया और देर तक चूमती रहीं। वहां खड़े राम हैरान आंखों से बस एकटक उन तीनों को देखते रहे।

ऋषि वाल्मीकि भी वहां पहुंच गए थे और जब उन्हें यह पता चला कि लव-कुश आश्रम छोड़कर अपने पिता की तलाश में जा रहे थे, तो बहुत दुख हुआ उन्हें। उन मासूम बच्चों की आंखों में अपने पिता को लेकर उठते सवाल, प्यार और इंतज़ार को अब और लंबा नहीं खींचना चाहते थे वे। वहीं उसी वक़्त सब कुछ बता दिया उन्होंने। बता दिया कि वे कोई आम बच्चे नहीं थे राजकुमार थे और उनके पिता थे अयोध्या के राजा राम, जिन्होंने रावण को मारकर अपनी पत्नी सीता को बचाया और फिर राजधर्म निभाने के लिए मजबूरी में उन्हें अयोध्या से दूर इस जंगल में भेज दिया। और इस वक़्त वे उनके सामने थे।

लव-कुश दौड़कर राम से लिपट गए। राम प्यार से अपने बच्चों के

बालों को सहलाने लगे। पलकें कुछ भीग गई थी उनकी। सामने शांत खड़ी सीता की आंखें भी गीली थी, पर मन में संतोष था। उनके बच्चों को अपने सारे सवालों के जवाब मिल गए थे। अपने पिता को ढूंढ़ लिया था उन दोनों ने।

कृष्ण-सुदामा

द्वारिका के समुद्रतट पर उस वक़्त कोई नहीं था। सिर्फ़ लहरों का शोर और चारों ओर फैला घुप्प अंधेरा। तभी उस अंधेरे को चीरती हुई एक रौशनी आती दिखी। कोई हाथ में मशाल लिए चला आ रहा था। थका-हारा, पसीने से भीगा वह शख्स वहीं रेत पर बैठ गया और मशाल पास पड़े पत्थरों के बीच टिका दी। माथे पर तिलक, पूरे मुड़े सिर के बीचों-बीच एक चोटी, बदन पर जगह-जगह से फटी धोती, और दाहिने कंधे पर टंगा एक थैला... उसके पैरों में पादुका भी नहीं थी। रेत पर बैठे वे अपने पैरों से कांटे निकालते हुए सोच रहे थे, "मैं यहां चला तो आया हूं, पर क्या इस दशा में कोई मुझे कान्हा से मिलने देगा? और क्या कान्हा मुझे पहचानेंगे?"

ये सुदामा थे, जो द्वारिका अपने दोस्त कृष्ण से मिलने आए थे। वे कृष्ण, जिनके साथ उनकी दोस्ती तब की थी जब कृष्ण राजा नहीं बल्कि गोकुल के एक आम ग्वाले थे। अवंतिका यानी उज्जैन में दोनों एक साथ संदीपन ऋषि के आश्रम में पढ़ाई करते थे। सुदामा सिर्फ़ पढ़ाई में कृष्ण के साथी नहीं थे, बल्कि आश्रम के सारे काम, खेदकूद और शरारतों में भी उन्होंने कृष्ण का पूरा साथ दिया था। उनकी उस पक्की दोस्ती के क़िस्से सिर्फ आश्रम नहीं, पूरी अवंतिका में सुनाई देते थे। दोनों हमेशा हर जगह एक साथ ही मिलते थे। फिर पढ़ाई पूरी होने के बाद आश्रम छूट गया और दोनों का साथ भी।

कृष्ण गोकुल से मथुरा और फिर द्वारिका आ गए। अब वे संदीपन ऋषि के आश्रम के साधारण छात्र नहीं थे। द्वारिकाधीश... द्वारिका के राजा कृष्ण थे। इन बीते सालों में कृष्ण को भले ही सुदामा की कोई ख़बर नहीं थी, पर सुदामा को कृष्ण से जुड़ी हर ख़बर मिल जाती थी। उनके कारनामें होते ही ऐसे थे कि सारी दुनिया स्वयं जान जाती थी। कंस को मारने से लेकर द्वारिका के राजा बनने तक की सारी ख़बर सुदामा को भी मिली थी। खुद दिन भर भिक्षा मांगकर ज़िंदगी गुज़ारने वाले सुदामा अपने दोस्त की तरक्की के बारे में सुनकर बहुत खुश होते थे। वे दिन भर नंगे पैर चिलचिलाती धूप और गर्मी में अपने परिवार के लिए दो वक़्त के खाने के जुगाड़ में लगे रहते थे। पर इतनी तकलीफ़ के बावजूद जब भी अपने दोस्त कृष्ण के बारे में बात करते तो उनके होठों पर अपने आप मुस्कान आ जाती थी।

बचपन से लेकर आज तक सुदामा कृष्ण को एक पल के लिए भी नहीं भुला पाए थे। उनकी सारी शैतानियां उन्हें हर रोज याद आती थीं। आश्रम के आस-पास के घरों से माखन चुराना, पेड़ों पर लटकते आम पर गुलेल से निशाना लगाना, नीम के पेड़ पर बैठकर घंटों बांसुरी बजाते रहना, और पत्थर मारकर वहां से गुज़रती पनिहारिनों की मटकी तोड़ना... ऐसे थे सुदामा के कृष्ण।

वे अक्सर अपने दोस्त से मिलने के बारे में सोचते थे। पर पैसों की तंगी हर बार उनके कदम रोक देती थी। अब कृष्ण इतने बड़े राज्य के राजा थे। राजसी ठाट-बाट था उनका। ऐसे में एक गरीब ब्राह्मण दोस्त का, दीन-हीन हालात में ख़ाली हाथ उनके पास जाना क्या ठीक होगा? बस अपने मन के इस सवाल में उलझे सुदामा हर बार कृष्ण से मिलने की चाह छोड़ देते।

पर अब उनको आना ही पड़ा क्योंकि उनकी पत्नी सुशीला ने उनसे कृष्ण के पास जाकर मदद मांगने के लिए कहा था। उस पूरे दिन सुदामा के घर में चूल्हा नहीं जला था। उस रोज वे जिस घर में भिक्षा के लिए गए, उन्हें वहां से कुछ नहीं मिला और उनका नियम था कि वे एक दिन में

भिक्षा के लिए बस एक घर जाते थे। वहां से जो मिल जाता था उसी में अपना गुज़ारा करते थे। पर उस रोज उनकी झोली में उन्हें अन्न का एक दाना तक नहीं मिला।

बच्चे भूख से परेशान थे और उन्हें देखकर सुदामा की पत्नी बेचैन। उन्होंने सुदामा के सामने पहली बार ऊंची आवाज़ में कुछ कहा था, "आप अपने मित्र कृष्ण से सहायता क्यों नहीं लेते? जिसका मित्र राजा हो क्या उसकी ऐसी दशा होगी?" हालात से हार मान लिया था सुशीला ने। उनकी आंखें से आंसू बहने लगे। पर सुदामा चुपचाप बस सामने रखी भगवान विष्णु की मूर्ति को देखते रहे। उनका मानना था कि भाग्य से ज़्यादा कभी किसी को कुछ नहीं मिलता, फिर मांगने का क्या फ़ायदा?

सुदामा अपने दोस्त कृष्ण से मिलता तो चाहते थे, पर इस तरह कुछ मांगने के लिए नहीं। वे अपनी दोस्ती के बीच किसी तरह का स्वार्थ नहीं लाना चाहते थे। पर हालात बड़ी से बड़ी विचारधाराओं को बदलने की ताकत रखता है, मजबूत से मजबूत इंसान को तोड़ सकता है उस दिन सुदामा अपनी पत्नी और बच्चों की तकलीफ़ के आगे टूट गए थे और आख़िर द्वारिका जाकर अपने दोस्त से मदद मंगाने के लिए तैयार हो गये।

सुदामा ने मन तो किसी तरह बना लिया, पर समझ नहीं पा रहे थे कि ऐसे फटे और गंदे कपड़ों में बिना कोई उपहार लिए अपने मित्र के पास कैसे जाएं? अपने मन की दुविधा अपनी पत्नी से बताते हुए बोले, "सुशीला, कान्हा को माखन बहुत प्रिय है। सोचा था जब भी उससे मिलने जाऊंगा, तब मटकी भर के माखन ले जाऊंगा। परन्तु..." कहते-कहते सुदामा चुप हो गए। सुशीला उनका संकोच समझ रही थीं। वो अपने सीधे सादे पति को समझाते हुए बोलीं, "वे आपके मित्र हैं और मित्रों के बीच औपचारिकताएं नहीं होतीं और वैसे भी एक सच्चा मित्र ही तो बुरे समय में काम आता है।"

सुदामा अपनी पत्नी की सारी बातों से सहमत थे, पर फिर भी इस तरह याचक बनकर खाली हाथ अपने दोस्त के पास जाना उन्हें ठीक नहीं लग

रहा था। सुशीला शायद अपने पति के मन को समझ रही थीं। वो उठकर घर से बाहर चली गईं फिर कुछ देर बाद लौटीं तो उनके हाथ में लाल रंग के सूती कपड़े की एक छोटी सी पोटली थी।

"यह क्या है?" सुदामा ने चौंकते हुए पूछा।

सुशीला ने पोटली खोलकर दिखा दी। उसमें कुछ टूटे हुए कच्चे चावल थे, जो वो अपने पड़ोस के घर से मांगकर लाई थी। चावलों का कुछ हिस्सा उसने बच्चों के खाने के लिए रख लिया और बाकी की पोटली बांधकर सुदामा की ओर बढ़ा दी, "इसे ही उपहार स्वरूप अपने मित्र को दे दीजिएगा।"

सुदामा ने पोटली लेकर वहीं रखे अपने थैले में डाल दी, पर वे मन ही मन अपनी पत्नी के भोलेपन पर मुस्कुरा रहे थे। "कहां कान्हा... इतने बड़े राज्य का स्वामी और कहां ये चावल के दाने, ऐसे उपहार तो उसके द्वारपाल भी नहीं स्वीकारते होंगे!" मन की आशंकाओं को, असहजता को मन में ही रखते हुए सुदामा ने अपनी पत्नी और बच्चों से विदा ली।

सूरज की पहली किरण के साथ ही वे अपने घर से द्वारिका की ओर निकल पड़े। पूरे 22 दिन बाद सुदामा अपने मित्र की नगरी पहुंचे थे। समुद्र के किनारे बसी द्वारिका के बारे में अभी तक बस उन्होंने सुना ही था। आज पहली बार इस नगरी का वैभव अपनी आंखों से देख रहे थे वे। पूरा नगर किसी राजमहल के हिस्से जैसा ही लग रहा था। बड़ी इमारतें, सुंदर कपड़ों में आते-जाते लोग, बड़े-बड़े बाज़ार, व्यापारियों का तो जैसे पूरा गढ़ ही वहां था।

दूर से ही अपने कान्हा का राजमहल उन्हें नज़र आ रहा था। पर न जाने क्यों उनके कदम उस ओर बढ़ ही नहीं पाए? सुदामा चुपचाप किसी और ही दिशा में बढ़ गए।

कुछ देर बाद अपने दोस्त से मिलने आए सुदामा राजमहल की जगह समुद्र के किनारे पर थे। वह रात जितनी काली थी, उतना ही गहरा अंधेरा उनके मन में भी फैला था। वे अपनी उंगलियां रेत के उस ढेर पर बस गोल-

गोल घुमाए जा रहे थे। यहां तक तो आ गए थे, पर अब राजमहल तक जाने की उनकी हिम्मत नहीं थी।

"द्वारपालों ने बाहर से ही भगा दिया तो? अगर कान्हा ने मुझे पहचाना ही नहीं फिर? सुशीला को वापस जाकर क्या उत्तर दूंगा?" ऐसे न जाने कितने सवाल रेत में घूमती उनकी उंगलियों की तरह ही उनके मन में घूम रहे थे।

पर वहां उस सन्नाटे में उनके सवालों का जवाब देने वाला कोई नहीं था। पूरी रात सुदामा समुद्र किनारे रेत पर ही बैठे रहे। रात भर में अपने मन को एक कोशिश करने के लिए उन्होंने मना लिया था। पहले ही सोच लिया कि अगर द्वारपाल ने अंदर नहीं जाने दिया तो उसी पल वापस लौट जाएंगे।

वहां से उठकर सुदामा एक बार फिर राजमहल की ओर चल पड़े। वहां पहुंचे तो कृष्ण से मिलने वालों की एक लंबी कतार थी। सुदामा चुपचाप सबसे पीछे जाकर खड़े हो गए। उनकी बारी आते-आते दोपहर हो गई और जब वे द्वारपाल के सामने पहुंचे तो उनके पूर्वानुमान के मुताबिक ही वह उन्हें ऊपर से नीचे तक देखता रहा फिर कुछ देर चुप रहने के बाद भौंहे चढ़ाते हुए बोला, "किससे मिलना है?"

"कान्हा... हमारा तात्पर्य है आपके राजा कृष्ण से," सुदामा ने चेहरे पर मुस्कान लाते हुए जवाब दिया था।

पर उनका जवाब सुनकर वो द्वारपाल ज़ोर-ज़ोर से हँसने लगा। फिर अपनी हँसी रोकने की कोशिश करता हुआ बोला, "महाराज तक क्या संदेश पहुंचाएं?"

"मैं उनका...नहीं, बस इतना कह दीजिए कि सुदामा आया है।" वह खुद को कृष्ण का दोस्त बताते-बताते रुक गए थे।

उनका संदेश लेकर द्वारपाल अंदर तो गया, पर काफी देर बाद भी बाहर नहीं लौटा। बीतती घड़ियों के साथ सुदामा का विश्वास जैसे टूट रहा था। उन्हें लगने लगा कि अब शायद उनका कान्हा सिर्फ द्वारिकाधीश कृष्ण बनकर रह गया था।

सुदामा के लिए अब एक और पल वहां रुकना मुश्किल हो रहा था। उन्होंने उसी वक़्त वापस लौटने का फ़ैसला कर लिया।

उधर, जब वो द्वारपाल अंदर पहुंचा, उस वक़्त कृष्ण कुछ देर के लिए दरबार से उठकर अपने कक्ष की ओर चले गए थे। द्वारपाल वहीं खड़ा उनके लौटने का इंतज़ार करने लगा। कुछ देर बाद पीताम्बर वस्त्र और सिर पर मोरपंख वाला मुकुट पहने सांवले-सलोने कृष्ण मुस्कुराते हुए दरबार में वापस लौट आए। आते ही द्वारपाल की ओर देखते हुए बोले, "कोई और है जो हमसे भेंट करना चाहता है?"

"जी महाराज! एक अंतिम व्यक्ति बचा है। मैले वस्त्र, नंगे पैर... अपना नाम सुदामा बता रहा है।"

द्वारपाल का जवाब सुनकर राजगद्दी पर बैठे कृष्ण तुरंत उठकर खड़े हो गए। "क्या कहा सुदामा आया है?" उनकी आंखों में जितनी हैरानी थी, उससे कहीं ज़्यादा खुशी चमकती दिख रही थी। बिना कुछ और पूछे, बिना कुछ और कहे वो दरबार से दौड़ते हुए सीधा राजमहल के द्वार की ओर बढ़ गए।

वो पूरी सभा हैरान थी। उन सबने कृष्ण को बहुत धीर-गंभीर तो कभी नहीं देखा था, पर इस तरह अधीर होकर किसी के स्वागत में दौड़ना! पर कृष्ण सब की नज़रों और विचारों से बेफिक्र अपने दोस्त से मिलने राजमहल के बाहर आ गए।

कृष्ण बाहर आए तो सुदामा उन्हें वहां नहीं मिले। उन्होंने इधर-उधर नज़रे दौड़ाई तो दूर, महल परिसर से बाहर जाता एक आदमी दिखाया दिया। "सुदामा!" कृष्ण ने ज़ोर से आवाज़ लगाई। अपने कान्हा की आवाज़ सुनकर सुदामा के पैर वहीं रुक गए। पलटकर देखा तो उनका मित्र, उनका कन्हैया…दौड़ता हुआ उनकी ओर आ रहा था।

सुदामा के पास आकर कृष्ण ने उन्हें गले से लगा लिया और सुदामा की सारी आशंकाएं, मन में फैले सारे भ्रम जैसे एक पल में गायब हो गए। वे कितना कुछ कहना चाहते थे, पर शब्द न जाने कहां खो गए। बस आंखों से आंसू बहते रहे। कृष्ण ने अपने पीले अंगवस्त्र के सिरे से उनकी

भीगी आंखें पोंछीं और हाथ पकड़कर उन्हें अपने साथ राजमहल के अंदर सीधे अपने कक्ष में ले गए।

कृष्ण की पत्नी रुक्मिणी भी वहां मौजूद थीं। उन्हें अपने पति और सुदामा की दोस्ती के बारे पहले से पता था। वे फ़ौरन उनके स्वागत की तैयारियों में जुट गई। एक दास बड़ी सी थाली और पानी से भरी बाल्टी लेकर सुदामा के पैर धोने पहुंच गया। पर कृष्ण ने दास को वापस भेज दिया और खुद अपने बाल सखा के पैर साफ करने ज़मीन पर बैठ गए।

द्वारिकाधीश की आंखें अपने दोस्त के कांटों से छलनी पैर देखकर भर आई थीं। कवि नरोत्तमदास ने सुदामा चरित में लिखे सवैया में उस दृश्य सुंदर वर्णन किया है-

ऐसे बेहाल बेवाइन सों, पग कंटक-जाल लगे पुनि जोए।
हाय? महादुख पायौ सखा, तुम आए इतै न कितै दिन खोए।
देखि सुदामा की दीन दसा, करुना करिकै करुनानिधि रोए।
पानि परात को हाथ छूयौ नहिं, नैनन के जल सों पग धोए॥

तभी रुक्मणी की आवाज़ ने उस कमरे में फैली खामोशी को तोड़ दिया। वे सुदामा के लिए तरह-तरह के पकवान लेकर आई थीं।

खाना खाने के बाद कृष्ण अपने दोस्त के साथ काफी देर तक बचपन और गुरुकुल की बातें करते रहे। उन्होंने सुदामा से कई बार उनके घर परिवार का हालचाल पूछा, पर सुदामा ने मुस्कुराकर बात टाल दी।

वे यहां आए तो अपने दोस्त से मदद मांगने थे, पर कहीं कृष्ण उन्हें स्वार्थी न समझें, यह सोचकर न अपनी मजबूरियां गिनायीं ना अपनी दरिद्रता का दुःख साझा किया और न ही कोई मदद मांगी।

पर कृष्ण ने उनसे ज़रूर कुछ मांग लिया था। उन्होंने सुदामा के थैले में रखी चावलों की पोटली देख ली थी। हँसते हुए बोले, "क्यों मित्र, भाभी ने इसमें मेरे लिए क्या भेजा है?"

सुदामा झिझकते हुए वो पोटली छिपाते रहे, पर कृष्ण कहां मानने वाले थे। उन्होंने उनसे पोटली छीन ली और उसे खोलकर वे टूटे चावल खाते हुए बोले, "भाभी के इस उपहार के बदले अगर मैं तीनों लोक भी दे दूं तो कम होगा।" दो मुट्ठी चावल खाने के बाद जब कृष्ण तीसरी मुट्ठी का चावल खाने चले तो रुक्मणी ने उनका हाथ पकड़ लिया। मुस्कुराते हुए बोली, "कुछ हमारे लिए भी छोड़ दीजिए।" हँसते हुए कृष्ण ने पोटली रुक्मणी को पकड़ा दी और रुक्मणी ने ऐसी लंबी सांस ली जैसे वाकई कृष्ण को तीनों लोक किसी को देने से रोक लिया हो।

अगले रोज़ सुदामा ने विदा लेनी चाही, पर कृष्ण ने रोक लिया। ऐसे ही 15 दिन बीत गए। फिर सुदामा अपने घर के वापस चले तो उसी तरह खाली हाथ थे जैसे वो यहां आए थे। पर उनका मन कृष्ण के प्रेम से भरा हुआ था। वे अपने दोस्त के घर से यादों की बड़ी सी गठरी लेकर वापस लौट रहे थे।

उन्हें यह ध्यान भी नहीं था कि उनकी पत्नी ने उन्हें सहायता लेने के लिए द्वारिका भेजा है। उन्हें यह भी ख़याल नहीं रहा कि वहां अभावों से जूझता उनका परिवार किसी मदद की बाट जोहता होगा।

मनमौजी की तरह घूमते फिरते जब सुदामा अपने घर के सामने पहुंचे तो उनकी आंखें हैरानी से खुली रह गईं। वहां उनकी झोपड़ी की जगह एक आलीशान इमारत खड़ी थी। बच्चे सुंदर कपड़ों में खेल रहे थे और सुशीला जैसे बस उन्हीं के लौटने का इंतज़ार कर रही थीं। वे दौड़कर सुदामा के पास चली आईं और हांफते हुए बोलीं, "द्वारिका से कुछ लोग आए थे। देखिए पता नहीं कैसे 15 दिनों में यह पूरा भवन तैयार कर दिया। अनाज के कोठार भर दिये। हम सबके लिए वस्त्र, आभूषण और बहुत सा धन भी दे गए। आपने द्वारिकाधीश से इतना कुछ क्यों मांग लिया? बच्चों का पेट भर सके उतना अनाज और मुश्किल समय में काम आने लायक़ मुट्ठी भर मोहरें काफ़ी थीं हमारे लिए।"

सुदामा कुछ नहीं बोले। वो बस भाव विभोर होकर कर अपने कृष्ण की लीला देख रहे थे।

रुक्मणी के कृष्ण

महाराष्ट्र के विदर्भ इलाक़े में, सतपुड़ा की पहाड़ियों से घिरा, वर्धा नदी के तट पर बसा है अमरावती शहर। उससे करीब 35 किलोमीटर दूर हैं कौंडण्यपुर, जिसे उस वक़्त कुंडिनपुर कहते था। विदर्भ के राजा भीष्मक की राजधानी थी कुंडिनपुर और वहां उन की बेटी रुक्मणी की शादी की तैयारियां चल रही थीं।

पूरी राजधानी फूलों और आम के पत्तों से सजाई गई थी। महल का हर कोना और हर कमरा ख़ास तौर पर तैयार किया गया था। आख़िर राजा की इकलौती बेटी की शादी थी, वह भी चेदि राज्य के शासक शिशुपाल के साथ, जो उस वक़्त के सबसे खुशहाल राज्यों में एक माना जाता था।

महल के अंदर बने बड़े से आंगन में औरतें शादी के गीत गा रही थी, नाच रही थीं, मेहंदी के पत्तों को पीस कर उसे एक दूसरे की हथेलियों पर रचा रही थीं।

पर जिसकी शादी थी उसे अभी तक मेहंदी लगी ही नहीं थी। वह तो अपने कमरे में बंद हाथों में मोरपंख लिए अपने सामने रखे एक चित्र को रंगने में लगी थी। तभी किसी ने रुक्मणी के कमरे का दरवाज़ा खोला। उनकी सहेली कालिंदी थी। हाथ में मेहंदी से भरा कटोरा लिए उनके पास आई और बिना कुछ कहे उनके हाथ से मोरपंख लेकर उसी की नोंक से उनकी हथेलियों पर मेहंदी लगाने लगी।

पर रुक्मणी, वह तो ना जाने कहां खोई थीं? उस शादी से ज़रा भी खुश नहीं दिख रही थीं वह। बड़े भाई रुक्मी को समझाया भी तो था उन्होंने कि

वह शिशुपाल से शादी नहीं करना चाहतीं, पर उनके मन को समझने की बजाय रुक्मी शिशुपाल के राज्य का वैभव गान करने लगा था। जानतीं थीं कि रुक्मी ये शादी उनकी खुशी के लिए नहीं, बल्कि शिशुपाल से अपनी दोस्ती मजबूत करने के लिए कर रहा था, ताकि भविष्य में संकट के वक़्त उसे चेदि राज्य की सेना से मदद मिल सके।

उस वक़्त पिता भीष्मक और बाकी के चारों भाइयों ने भी रुक्मी को समझाने की कोशिश की थी। वह सब जानते थे कि रुक्मणी किसी और से प्रेम करती थी। कोई था जिसकी छवि रुक्मणी के मन में कहीं गहरी बैठी थी, जिसे मन ही मन अपना जीवनसाथी बना लिया था उन्होंने। और वे थे देवकीनंदन कृष्ण।

ऐसा नहीं था कि रुक्मणी को कृष्ण से अचानक ही प्रेम हो गया था। उनका लगाव बहुत पुराना था। उस समय से जब पहली बार उन्होंने कृष्ण को देखा था। सिर्फ 12 साल की थीं वे उस वक़्त तो प्रेम की परिभाषा भी नहीं जानती थीं। बस कुछ महसूस हुआ था उन्हें। कंस के बुलावे पर पिता भीष्मक और भाई रुक्मी के साथ एक समारोह में मथुरा गई थी वे। वहीं 16 साल के कृष्ण को अपने मामा कंस का घमंड तोड़ते और वध करते देखा था उन्होंने। कैसे एक पल में कंस के आतंक से लोगों को आज़ादी दिला दी थी कृष्ण ने... बस पहली नज़र में ही वे मुरलीधर रुक्मणी के मन में बस गए थे।

रुक्मणी को भी कृष्ण से वही पहली नज़र वाला प्यार हो गया था। इन बीते सालों में कृष्ण ने बड़े बड़े कारनामे किए। मथुरा से द्वारिका जाकर एक नया शहर बसा लिया। राजपाठ, धन-दौलत, सब कुछ था उनके पास। वे द्वारिकाधीश कहलाने लगे थे। पर रुक्मणी के मन में बसे कृष्ण राजा नहीं थे। वे तो वही ब्रजवासी थे, जिनकी एक मुस्कान ने वर्षों पहले रुक्मणी का दिल चुरा लिया था और तब से उनके चारों ओर बस कृष्ण ही कृष्ण थे। उनके कमरे की हर दीवार, पर्दे, तकिए सब कुछ बस कृष्ण की तस्वीरों से रंगे थे। वहीं कृष्ण जिन्हें उन्होंने मथुरा में देखा था और तब से बस उन्हीं

की होकर रह गई थीं। और इंतज़ार कर रही थीं अपने स्वयंवर का, जब बाकी राज्यों के राजा और राजकुमारों के साथ कृष्ण भी वहां आते और वे उन्हें अपना जीवनसाथी चुन लेतीं।

उनके पिता भीष्मक ने तो द्वारिका भिजवाने के लिए निमंत्रण पत्र भी तैयार करवा लिया था। पर रुक्मी ने ऐन वक़्त पर स्वयंवर रद्द करके अपने मित्र शिशुपाल के साथ रुक्मणी की शादी का ऐलान कर दिया था।

पूरी राजधानी को छावनी में तब्दील कर दिया था उसने। उसकी इजाज़त के बिना न कोई महल के अंदर जा सकता था, न बाहर। उसने शादी तक रुक्मणी को कमरे में क़ैद रहने का फ़रमान सुना दिया था। मेहंदी लगे हाथों के साथ रुक्मणी अपने कमरे की खिड़की पर खड़ी थी। उनकी आंखें एक टक पश्चिम दिशा की ओर देखे जा रही थी। उस ओर ही तो थी द्वारिका। रुक्मणी को उम्मीद थी कि शायद मन की बात, मन के ही रास्ते कृष्ण तक पहुंच जाए।

उस सुबह कुंडिनपुर में चहलपहल और बढ़ गई थी। मेहमान वहां पहुंचने लगे थे। किसानों ने अपने खाली खेत राजाओं के रथ खड़े करने के लिए दे दिए थे। उनके साथ आए सैनिकों के रहने का इंतज़ाम भी शहर के लोगों ने अपने-अपने घरों में ही किया था।

शिशुपाल भी शादी की तारीख से चार दिन पहले ही अपने पूरे लाव-लश्कर के साथ कुंडिनपुर पहुंच चुका था। रुक्मी उसकी आवभगत में लग गया था। सैनिकों और हथियारों की संख्या इतनी ज़्यादा थी कि वो बारात कम किसी मोर्चे की ओर कूच करने वाली सेना ज्यादा लग रही थी।

उधर दीयों की रौशनी में नहाए राजमहल के अपने कमरे में, एक कोने में बैठी थीं रुक्मणी। उन्होंने उस तरफ़ के सारे दीए बुझा दिए थे। तभी एक दासी ने आकर बताया कि ब्राह्मण सुदेन उनसे मिलना चाहते थे। रुक्मणी हर रोज़ सुदेन को कुछ स्वर्ण मुद्राएं दान में देती थीं। उस रोज भी वही लेने आए थे। राजकुमारी ने सुदेन को अंदर बुलाया और अपने सिरहाने से एक पोटली निकालकर ले आईं। सुदेन ने आते ही उन्हें प्रणाम किया फिर

पोटली लेकर अपने झोले में डाली और आशीर्वाद देते हुए बोले, "राजकुमारी, हम द्वारिका जा रहे हैं। वहां द्वारिकाधीश कृष्ण ने ब्राह्मण भोज रखा है। हमें भी निमंत्रण आया है। अब शायद आपके विवाह में सम्मिलित नहीं हो पाएंगे।"

द्वारिका का नाम सुनते ही रुक्मणी का मुरझाया चेहरा खिल उठा। उनके मन के अंधेरे कोने में जैसे किसी ने रौशनी कर दी थी। "आप द्वारिका जा रहे हैं? क्या मेरा एक संदेश द्वारिकाधीश तक पहुंचा देंगे?" इतना कहकर वे वहीं रखे लकड़ी के संदूक से एक पीले रंग के कपड़े में लिपटा पत्र निकालकर लाईं और सुदेन की ओर बढ़ा दिया।

रुक्मणी के चेहरे पर घबराहट और खुशी के मिलेजुले भाव देखकर ब्राह्मण शायद कुछ समझ गए। उन्होंने बिना कुछ पूछे पत्र अपने झोले में रखा और कमरे से बाहर आ गए।

रुक्मणी के दिल की बात पहली बार द्वारिकाधीश तक पहुंचने जा रही थी। वे खुश थी। पर तभी उनके दरवाज़े पर खड़े सैनिकों ने सुदेन को रोक लिया और ब्राह्मण से उनका थैला दिखाने को कहा। सुदेन घबरा गए और उनसे भी ज़्यादा परेशान हो गईं दरवाज़े पर खड़ी रुक्मणी। सैनिक ब्राह्मण का थैला लेने चले तभी पीछे से आई एक आवाज़ ने उन्हें रोक लिया, "सैनिकों, ब्राह्मण देव को जाने दो!" ये राजा भीष्मक थे।

"पर महाराज, वह राजकुमार..." सहमे से एक सैनिक ने उन्हें रुक्मी का आदेश याद दिलाने की कोशिश की।

"उनसे हम बात कर लेंगे," इतना कहकर भीष्मक चले गए। जाने अनजाने में ही सही उन्होंने अपनी बेटी की बहुत बड़ी मदद कर दी थी।

उधर विदर्भ से करीब तेरह सौ किलोमीटर दूर द्वारिका में भी उस वक़्त कोई जाग रहा था। रात का तीसरा पहर शुरू हो चुका था। पूरी द्वारिका नींद की गोद में जा चुकी थी, सिवाय कृष्ण के। वे महल के बाग में जामुन के पेड़ के नीचे खड़े आंखें बंद किए अपनी बांसुरी पर उंगलियां फिरा रहे थे।

उस शांत रात में उनकी मुरली से निकले सुर, हवा के पंखों पर सवार होकर द्वारिका के कोने-कोने तक पहुंच रहे थे।

तभी किसी ने कृष्ण के कंधे पर हाथ रख दिया। बांसुरी बजाना बंद करके उन्होंने अपनी आंखें खोली तो सामने उनके बड़े भाई बलराम खड़े थे।

"दाऊ आप? अभी तक सोये नहीं?" कृष्ण ने बांसुरी अपनी कमर पर बंधे पीले पट्टे में खोंसते हुए पूछा।

"कान्हा, हम जानते हैं तुम्हारी मुरली तभी बजती है जब या तो तुम अधिक प्रसन्न होते हो या फिर किसी बात को लेकर चिंतित। हमें बताओ इस समय क्या कारण है?"

अपने भाई का सवाल सुनकर कृष्ण मुस्कुराने लगे। बलराम जानते थे कि बात को टालने और घुमाने में कृष्ण की इस मुस्कान को महारत हासिल हैं, पर इस बार वो इस चाल में नहीं फंसे।

हारकर कृष्ण को अपने मन में उमड़-घुमड़ रहे विचारों के बारे में बलराम को बताना पड़ा।

इस वक़्त वे रुक्मणी के बारे में सोच रहे थे। शिशुपाल के साथ हो रही उनकी शादी की ख़बर लग चुकी थी कृष्ण को। वे कभी मिले नहीं थे रुक्मणी से पर सुना बहुत था उनके बारे में। विदर्भ से आने वाले व्यापारियों और कलाकारों के मुंह से रुक्मणी की खूबसूरती और बुद्धिमानी के बहुत से चर्चे उन तक पहुंचे थे और यह भी कि वे कृष्ण से बहुत प्रभावित थीं।

कृष्ण के मन में जाने-अनजाने रुक्मणी की एक छवि बन गई थी और शायद वे भी पसंद करने लगे थे उन्हें। तभी तो उनकी शादी की ख़बर ने परेशान कर दिया था द्वारिकाधीश को।

बलराम और कृष्ण महल के बगीचे में ही खड़े थे। तभी एक सैनिक ने आकर बताया कि विदर्भ से आया कोई ब्राह्मण कृष्ण से मिलना चाहता था। कृष्ण तुरंत महल की ओर चले गए। सुदेन महल के बाहर ही कृष्ण का इंतज़ार कर रहे थे।

कृष्ण को देखते ही उन्होंने अपने थैले से राजकुमारी रुक्मणी का संदेशपत्र निकालकर उनकी ओर बढ़ाते हुए कहा, "राजकुमारी ने बड़े विश्वास के साथ हमें यहां भेजा है और इससे भी ज्यादा विश्वास हमने उनके नेत्रों में आपके लिए देखा है।" बस इतना संदेश देकर ब्राह्मण वहां से चले गए।

कृष्ण ने अपने कक्ष में जाकर वो ख़त पढ़ना शुरू किया।

"द्वारिकाधीश, मुझे नहीं पता कि मैं कब और कैसे आप से प्रेम कर बैठी? पर अब इतना अवश्य जानती हूं कि आपके सिवा किसी और से विवाह करना मेरे लिए संभव नहीं। अगर आप नहीं आए तो मैं अपने प्राण-त्याग दूंगी।"

उस ख़त में और भी बहुत कुछ लिखा था, जिसे कृष्ण ने बस एक सरसरी नज़र से देखा। उनके लिए तो सिर्फ इस बात का महत्व था कि रुक्मणी ने उनसे अपने प्रेम का इज़हार किया था और फिर उनके मन में भी तो रुक्मणी के लिए कहीं न कहीं वही भावना छिपी थी। कृष्ण एक बार फिर मुस्कुराए। वो मुस्कान रुक्मणी के उस साहस के लिए थी, जो उन्होंने बिना किसी डर और हिचकिचाहट के अपने मन की बात कहने में दिखाई थी।

कृष्ण ने उसी वक़्त विदर्भ जाने का फ़ैसला कर लिया और फ़ौरन अपने सारथि दारूक से रथ तैयार करने को कहा।

कृष्ण बिना किसी अंगरक्षक के विदर्भ की राजधानी कुंडिनपुर के लिए निकल पड़े। बड़े भाई बलराम जब उनके कमरे में गए तो वहां उन्हें वहीं पत्र मिला जो रुक्मणी ने कृष्ण को भेजा था। छोटे भाई का इस तरह अकेले शत्रुओं के नगर में जाने से बलराम परेशान हो गए। उन्होंने तुरंत सेनापति से सेना तैयार करके विदर्भ की ओर कूच करने को कहा।

दो रातें बीत गईं। फिर वो सुबह आई, जिसका बहुत से लोगों को इंतज़ार था। शिशुपाल को इंतज़ार था रुक्मणी से विवाह का। रुक्मी को इंतज़ार था अपने रुतबे में इज़ाफे का और रुक्मणी को इंतज़ार था अपने कृष्ण का।

उस सुबह घर के आंगन में मंत्रोच्चार शुरू हो गया था। शादी से पहले की सारी विधियां पूरी की जा रही थीं। लाल लहंगे में सजी रुक्मणी, एक उम्मीद के साथ गिरिजा देवी मंदिर जा रही थी। उन्होंने कृष्ण को उसी मंदिर में मिलने का संदेश भिजवाया था। पर सब कुछ इतना आसान कहां था? प्यार पर पहरे हज़ार थे... रुक्मी ने उनके साथ सैनिकों का बहुत बड़ा दस्ता भेजा था।

रुक्मणी का मन आशंकाओं से घिरा था। उनका डर उनकी आंखों में साफ पढ़ा जा सकता था। पूजा पूरी हो चुकी थी। वापस महल की ओर लौटने का वक़्त था। पर कृष्ण? वे कहीं नहीं थे। रुक्मणी धीरे-धीरे मंदिर की सीढ़ियों की ओर बढ़ रही थीं, उनकी आंखें लगातार किसी को तलाश रही थी। जिसे सालों पहले देखा था, उसकी मन में बसी छवि को वहां ढूंढ़ रही थीं, पर वह चेहरा कहीं नहीं था।

मंदिर की उस आख़िरी सीढ़ी के साथ ही उनकी उम्मीद भी ख़त्म होने वाली थी, पर तभी अचानक उनके सामने कोई आकर खड़ा हो गया।

पीला पीतांबर, मुकुट में मोरपंख, कमर की करधन के साथ कसी मुरली और सांवली सूरत और होंठों पर जादू कर देने वाली वह मुस्कान। कृष्ण!! रुक्मणी बुदबुदाईं। उन्होंने अपने मनहर को पहचानने में एक पल भी नहीं लगाया था। समय जैसे ठहर गया। दोनों बस एक दूसरे को देख जा रहे थे। कृष्ण ने अपना दाहिना हाथ आगे बढ़ाया और रुक्मणी ने मुस्कुराते हुए वो हाथ थाम लिया।

वहां मौजूद लोग कुछ समझते इससे पहले ही कृष्ण रुक्मणी को लेकर दौड़ते हुए थोड़ी दूर पर खड़े रथ में चढ़ गए। उनके सारथि ने रथ दौड़ाने में ज़रा भी देर नहीं की।

"कृष्ण ने रुक्मणी का हरण कर लिया...कृष्ण ने रुक्मणी का हरण कर लिया!" सैनिक शोर मचाते हुए उनके पीछे दौड़े थे। पूरे कुंडिनपुर में ख़बर आग की तरह फैल गई थी। शिशुपाल और रुक्मी अपनी सेना के साथ कृष्ण का पीछा करने लगे। तब तक छोटे भाई की मदद के लिए बलराम सेना के साथ वहां पहुंच चुके थे।

युद्ध हुआ और बलराम ने शिशुपाल को हरा दिया। वह बस किसी तरह अपनी जान बचाकर भाग गया।

पर रुक्मी ने कृष्ण और रुक्मणी का पीछा नहीं छोड़ा और आखिरकार उन्हें कुंडिनपुर की सीमा पार करते ही रोक लिया। लेकिन वह कृष्ण के आगे ज़्यादा देर टिक नहीं सका। अपने सुदर्शन चक्र से कृष्ण उसे मारते, इससे पहले ही रुक्मणी ने उन्हें रोक लिया। अपने भाई की हत्या कैसे करने देतीं।

कृष्ण ने जान बख्श दी उसकी और बढ़ गए थे द्वारिका की ओर। रुक्मणी का प्रेम जीत गया था, उनके कृष्ण उन्हें मिल गए थे।

अनुलता राज नायर

रानी शची

असुरों के राजा पुलोमा के घर का एक हिस्सा सात्विक ख़ुशबू से महकता रहता था। अबीर, कपूर, चंदन और यज्ञ की समिधा की भीनी-भीनी महक से ऐसा लगता जैसे वह किसी असुर का महल नहीं, कोई देवस्थान हो, कोई मंदिर हो।

घर के हिस्से में राजकुमारी शची रहती थीं। एक असुर यानी राक्षस की पुत्री होते हुए भी शची का मन देवताओं की तरह कोमल था। वे अपना पूरा समय पूजा-पाठ में बितातीं या राजमहल के बगीचे में फूलों और तितलियों के बीच बैठी रहतीं।

सांवली सलोनी शची के चेहरे पर ऐसा तेज था कि देखने वाला हैरान रह जाता। उनका सौंदर्य किसी मोहपाश की तरह अपनी ओर खींचता था।

राजा पुलोमा अपनी बेटी का मन अच्छी तरह समझते थे। जब वे शची को तुलसी की परिक्रमा करते हुए, देवताओं को जल चढ़ाते हुए देखते तो उनका मन बेचैन हो जाता। वे सोचने लगते, "इसका जन्म शायद किसी भूल से हमारे कुल में हो गया है। यह लड़की तो देवों के कुल में जन्मी मालूम होती है। धीर, गंभीर, कोमल मन वाली। इसमें कोई एक लक्षण भी तो दानवी नहीं है।"

शची सात्विक स्वभाव की थीं, लेकिन वे एक वीरांगना थीं। एक शक्तिशाली स्त्री थीं। सबसे अच्छी बात ये कि उन्हें अपनी ताक़त का बख़ूबी अंदाज़ा था और अपनी शक्ति की घोषणा वे पूरे आत्मविश्वास के

साथ करती थीं। एक कहावत है कि स्त्री आधा आसमान अपने हाथों में थामे रहती है। मगर सच तो यह है कि आधा क्यों, स्त्री सारा का सारा आसमान अपनी बांहों में उठा लेने की ताक़त रखती है।

शची ऐसी ही एक स्त्री थीं जिनमें सौंदर्य और बुद्धि का अनोखा मेल था। जिनके एक अंश से द्रौपदी जैसी नारी ने जन्म लिया।

राजा पुलोमा अपनी बेटी के विवाह के लिए उनकी तरह ही नेक और शक्तिशाली वर की खोज में लगे थे कि उनके राज्य में आक्रमण हो गया।

पुलोमा कोई युद्ध से डरने वाले नहीं थे, मगर इस बार मुक़ाबला देवराज इंद्र से था। समूचे देवताओं की शक्ति उनके साथ थी और राजा को हार की चिंता भी नहीं थी। उन्हें सिर्फ़ यह फ़िक्र थी कि युद्ध में हार जाने के बाद उनकी लाड़ली शची का क्या होगा!

इंद्र और पुलोमा का युद्ध कई दिनों तक चला। पुलोमा और उनकी सेना ने अपनी पूरी ताक़त लगा दी, मगर इंद्र की दैवीय शक्तियों के आगे वे नहीं टिक पाए। आख़िर इंद्र ने राजा पुलोमा का वध कर दिया।

राजमहल में हंगामा मच गया।

दासियों ने रानीमहल के द्वार बंद कर दिए। शची के आसपास सैनिकों का जमावड़ा लगा दिया गया। दासियां डर कर कांप रही थीं, लेकिन शची चुपचाप एक कोने में बैठी अपने पालतू मोर के पंख सहला रही थीं। यह मोर उन्हें उनके पिता ने लाकर दिया था। वह पिता जो अब इस दुनिया में नहीं थे।

शची मानो अपने दुखों को सहला रही थीं।

तभी एक ज़ोर की टक्कर के साथ उनके कक्ष का दरवाज़ा खुला और अपने सैनिकों के साथ इंद्र भीतर चले आए। उनकी चाल में घमंड था, चेहरे पर विजय भाव।

कमरे में उपस्थित सब लोग सहम गए। शची ने गर्दन घुमा कर जबरन घुस आए उस अनजान शख़्स को घूर कर देखा। इंद्र की दृष्टि भी ठीक उसी समय शची पर पड़ी और उनके चेहरे के भाव बदल गए। आंखों से

छलकता अभिमान प्रेम का सोता बन गया। मोटे बख़्तरबंद के भीतर छिपा दिल हिलोरें मारने लगा।

"आह! कौन है ये सुंदरी? कैसा सलोना रूप है इसका और उम्र भी ठीक वही जब एक लड़की युवती में बदल रही होती है।"

इंद्र शची को देखते ही उनके दीवाने हो गए थे।

इसमें हैरान होने की बात भी नहीं थी। अपने दरबार को उर्वशी, मेनका और रंभा जैसी अप्सराओं से सजा कर रखने वाले इंद्र स्वभाव से ही रसिक थे। हर सुंदर-सुंदर चेहरे को देख अपना दिल फेंक देने वाले, अनुरागी मन वाले इंद्र का दिल पूरी ताक़त से धड़क रहा था।

इस दौरान शची के चेहरे पर न जाने कितने भाव आए और गए। दुःख, भय, क्रोध और असमंजस के भाव।

अधीर इंद्र ने बिना पल गंवाए आगे बढ़ कर शची का हाथ थाम लिया। राज्य पर अधिकार करने के बाद जैसे राजकुमारी पर उनका हक़ जायज़ हो गया था।

इंद्र बोले, "राजकुमारी मुझसे शादी कर लीजिए। देवलोक की महारानी का आसन आपका इंतज़ार कर रहा है।"

शची चुपचाप वहीं खड़ी रह गईं।

उनके भीतर की स्त्री जानती थी कि यह वक़्त विरोध का नहीं, समर्पण का है।

इंद्र के इस प्रस्ताव का अर्थ था कि उनकी संतानें असुर न होकर देवताओं की वंशज कहलाएंगी। शची के लिए ये ख़्याल ही बहुत सुखद था।

हर औरत की तरह उन्होंने अपने आप से पहले अपनी संतानों का भला सोचा और पलकें झुका कर अपनी सहमति दे दी।

हवाओं में शहनाई की धुन गूंज उठी। देवलोक से पुष्प-वर्षा होने लगी।

शची का हाथ थामे इंद्र ऐरावत पर सवार होकर देवलोक की राजधानी अमरावती की ओर चल पड़े।

रानी शची उदास आंखों से लेकिन मन में नयी उम्मीदें लिए अपना पीहर पीछे छूटते देखती रहीं।

इंद्र की राजधानी में शची का धूमधाम से स्वागत किया गया। उनको वही मान-सम्मान दिया गया जो देवलोक की महारानी को मिलना चाहिए। पूरे विधि-विधान से उनका अभिषेक किया गया। अमरावती में शची कभी अपने शक्ति स्वरूप में पहचानी गई कभी उन्होंने साध्वी का रूप धरा।

शक्ति के रूप में शची के पास वज्र था, अंकुश था और फंदा भी। मगर स्वभाव से शांत शची यहां देवलोक में भी शिव आराधना में लीन रहतीं।

शची के आने से राजमहल का माहौल ही बदल गया। रानी का प्रभाव सब पर इतना गहरा पड़ा कि कुछ ही दिनों में वे सबकी चहेती बन गईं। वे दासियों को सहेली की तरह मानतीं, उनके साथ प्यार से पेश आतीं और सबसे ख़ास बात तो ये हुई कि इंद्रदेव के सदा क़रीब रहने वाली अप्सराएं भी उनका सम्मान करतीं, उनके आस-पास रहना चाहतीं।

सरोवर से पूजा के लिए कमल तोड़ कर लाते हुए रास्ते में एक बार उर्वशी उनसे पूछ बैठी थीं, "महारानी हम अप्सराएं राजा के इतने क़रीब हैं मगर आपको हमसे थोड़ी भी ईर्ष्या नहीं होती?"

रानी शची मुस्कुरा दीं और बोलीं, "इस बात के मायने तब ही जान सकोगी जब तुम ख़ुद किसी से प्रेम करोगी।"

उर्वशी भी मुस्कुरा दीं। वह जान गई थीं कि परिस्थितियों से मजबूर होकर देवलोक आई हुई रानी राजा इंद्र से प्रेम करने लगी थीं।

शची से ब्याह के बाद इंद्र भी राजपाट के बाद अपना सारा समय उनके साथ ही गुज़ारते। पहले की तरह पूरा समय नृत्य संगीत में बिताने की जगह वे राजकाज में दिलचस्पी लेने लगे थे।

रानी के दिन सुख से बीत रहे थे कि वृत्तासुर से इंद्र का बैर बढ़ने लगा। वृत्तासुर बेख़ौफ़ था, क्योंकि उसको शिव का वरदान था कि उसे किसी भी

अस्त्र या शस्त्र से नहीं मारा जा सकता। लेकिन इंद्र ने चतुराई दिखाई और उसे महर्षि दधिची की अस्थियों से मार दिया।

इंद्र जीत गए थे, लेकिन उनका मन हार गया था। जीत की ख़ुशी उनके चेहरे पर न देख शची हैरान थीं।

"क्या हुआ महाराज? आप खुश नहीं हैं? क्या बात है जो आपको परेशान कर रही है?"

इंद्र की आवाज़ भर्रा गई। बोले, "रानी मैंने वृत्तासुर को छल से मारा है। मैंने मित्र बन कर उससे ही ये भेद उगलवाया कि उसको शिव का वरदान प्राप्त है। ब्रह्महत्या का पाप है मुझ पर। मैं क्या करूँ समझ नहीं पा रहा हूं।"

रानी हैरान रह गईं। क्या कहें! क्या करें कुछ समझ नहीं पा रही थीं। वे महल में संध्यादीप जलाना तक भूल गईं थी।

बड़े बोझिल से दिन गुज़र रहे थे और एक दिन सुबह रानी की नींद खुली तो उन्होंने पाया कि इंद्र अचानक कहीं गायब हो गए हैं। .

देवलोक में हाहाकार मच गया। सभी देवी देवताओं को भी फ़िक्र हुई कि आख़िर इंद्र चले कहां गए हैं।

लेकिन शची! उनका क्या! उनके मन का शोर तो कोई नहीं सुन पा रहा था। उनकी फ़िक्र तीनों लोकों में किसी को नहीं थी।

ठीक भी है। जब एक समूचे साम्राज्य की बात हो तो एक पत्नी के दुःख, उसकी वेदना के बारे में कौन सोचता है! शची की हालत एक विरहिणी की तरह हो रही थी। वे समझ नहीं पा रही थीं कि उनका दुःख अस्थायी है या इसके साथ उन्हें उम्र भर जीना होगा!

वे रात-रात भर करवटें बदलतीं। हवा से कमरे की खिड़की का एक पल्ला भी हिल जाता तो वे चौंक कर उठ जातीं। मन का दुःख रानी को कमज़ोर कर रहा था। थकान के मारे कभी झपकी लग जाती तो कोई बुरा सा सपना उन्हें जगा देता। कभी वे इंद्र का निर्जीव शरीर देख कर सिहर जातीं, तो कभी अपने पति को किसी महासागर में गोते लगाते देखतीं और चौंक कर उठ जातीं।

इंद्राणी का अब यह हाल था कि उन्हें न सच भला लग रहा था, न स्वप्न सुख दे रहे थे।

वे समझती थीं कि इंद्र अपने हाथों हुई हत्या के प्रायश्चित के लिए गए हैं, लेकिन उनके लौट आने की कोई दिलासा तो उन्हें मिलती!!

आशा निराशा के बीच डोलती शची अपने दिन काट रही थीं। हर शाम उम्मीद का एक दीपक अपनी देहरी पर जला देतीं कि इन्द्रदेव लौट आएं।

रानी शची अपना महल तो रोशन कर देतीं, मगर देवलोक का सिंहासन ख़ाली पड़ा था। प्रजा में त्राहि-त्राहि मची थी। सृष्टि का संतुलन बिगड़ रहा था। देवताओं के माथे पर भी चिंता की लकीरें खिंच आईं। सब आपस में मिलकर विचार करने लगे कि अचानक आई इस परेशानी से कैसे बचा जाए?

देवताओं के मन में यह डर भी बैठ गया था कि अगर असुरों को पता चला कि देवलोक का सिंहासन राजा विहीन है तो वे पक्का आक्रमण कर देंगे।

बहुत देर सोचने समझने के बाद यह निर्णय लिया गया कि जब तक इंद्र लौट नहीं आते, तब तक पृथ्वी के एक प्रतापी राजा नहुष को देवलोक की गद्दी पर बैठा दिया जाए।

यह ख़बर सुनते ही शची कांप गईं। एक फैसला जो उनकी सलाह लिए बिना लिया गया उसके परिणाम की आशंका से उनका मन घबराने लगा था।

राजा नहुष बहुत प्रतापी राजा था। वह धर्म का पालन करने वाला ऋषियों-मुनियों की सेवा करने वाला हरिभक्त था।

नहुष को देवलोक का राजपाठ सौंप कर देवता निश्चिन्त हो गए। देवलोक में फैली खलबली शांत हो गई, जैसे समंदर में कोई भीषण तूफ़ान आया और अब सब स्थिर हो गया हो।

पूरे राजमहल में बस एक ही जगह थी जो शांत और स्थिर नहीं थी, वो था रानी शची का मन।

अपने पति के सिंहासन पर किसी और को बैठा देख उनका कलेजा तार-तार हुआ जा रहा था। वे इंद्र की अनुपस्थिति में उनके अधिकारों की रक्षा करना चाहती थीं, लेकिन ये कहां जानती थीं कि अपने ही महल में वे खुद कितना असुरक्षित हैं!

एक दिन बगीचे में हंसों को दाना देते हुए शची पर नहुष की नज़र पड़ गई। वो वहीं का वहीं बुत बना उन्हें देखता रह गया। बरसों से धर्म की राह पर चलने वाले राजा नहुष का ईमान डोल गया। उसके भीतर रानी को पाने की लालसा जाग गई और एक दिन वो दुष्ट सारी सीमाएं लांघ कर रानी के महल में घुस आया।

उसे देख रानी की आंखों में क्रोध उतर आया।

वे ग़ुस्से से चिल्लाईं, "नीच। निकल जा मेरे कक्ष से। वरना अभी सैनकों को बुलवा कर तेरे टुकड़े करवा दूंगी।"

नहुष ठहाका लगा कर हँस पड़ा और बड़ी ढिठाई से बोला,"किन सैनिकों की बात कर रही हो रानी? मत भूलिए कि मैं यहां का राजा हूं और यहां की हर चीज़ पर मेरा अधिकार है। आप पर भी।"

शची अपना वज्र उठाने को दौड़ीं, लेकिन नहुष ने उनकी कलाई पकड़ ली।

अब शची की आंखों में क्रोध के साथ डर भी उतर आया। वे भर्राई आवाज़ में बोलीं,"मैं इंद्र की विवाहिता हूं नहुष, तुम्हारा मुझे स्पर्श करना भी अधर्म है।"

मगर नहुष के मन में तो पाप था। वो कहां धर्म की बातें मानने वाला था।

हँसते हुए बोला, "इंद्राणी उसी की है जो इंद्र है और आज मैं इंद्र हूं। इसलिये तुम मेरी हो।"

नहुष की बात सुन कर शची भड़क गईं।

"तुम इंद्र हो? मत भूल कपटी कि तू पृथ्वीलोक से आया एक मामूली इंसान है। देवता नहीं।"

नहुष ने रानी को और करीब खींचा और उनकी आंखों में आंखें डाल कर बोला,"जब एक असुर राजा की पुत्री इंद्राणी बन सकती है तो एक नर इंद्र नहीं बन सकता?"

रानी समझ गईं कि उनका सतीत्व खतरे में हैं और वे इस वक़्त निहत्थी हैं, अकेली हैं। वे नहुष से नहीं जीत सकतीं।

शची भावनाओं में बह कर कदम उठाने वाली मूर्ख स्त्री नहीं थी। उन्होंने रथ बुलवाया और महल से निकल पड़ीं।

लेकिन बहुत ही जल्द वापस लौट आने के लिए।

देवलोक से निकल कर शची सीधे देवगुरु बृहस्पति के आश्रम पहुंचीं। रास्ते भर उनका दिमाग आगे की योजनाओं में उलझा रहा।

आश्रम में पहुंचते ही उनके पीछे-पीछे देवलोक से अग्नि देव और वायु देव भी पहुंच गए।

अग्नि देव के चेहरे की हवाइयां उड़ी हुईं थीं। वे हाथ जोड़ कर रानी से कहने लगे,"महारानी आप राजमहल लौट चलें। आपके यहां आने से राजा नहुष का पारा सातवें आसमान पर पहुंच गया है। अगर हम आपको नहीं ले गए तो वे न जाने हम देवों के साथ कैसा सलूक करेगा।"

देवताओं की बात सुन रानी भड़क गईं,"वाह! आप सबको अपनी बड़ी फ़िक्र है? किसी ने महसूस की है मेरे मन की पीड़ा? क्या आप सब थोड़े दिन इंद्र के लौटने का इंतज़ार नहीं कर सकते थे? या देवताओं में कोई इस काबिल नहीं था जो देवलोक की सत्ता कुछ दिनों के लिए सम्हाल सकता?"

शची के क्रोध के सामने देवता निरुत्तर थे,असहाय और शर्मिंदा थे।

उनके उतरे चेहरे देख कर रानी थोड़ी नर्म पड़ीं और बोलीं," देवलोक की महारानी होने के नाते मेरा भी कर्तव्य है कि मैं उसके सिंहासन और देवों की रक्षा करूं। हम राजा नहुष से युद्ध नहीं कर सकते, मगर बुद्धिबल से उसे हराया जा सकता है।"

फिर रानी शची ने अपनी योजना देवताओं को बताई।

योजना के अनुसार उन्होंने नहुष को बुलावा भेजा कि वे उसके साथ देवलोक चलने को तैयार हैं। मगर उनकी एक शर्त है कि वे सप्तऋषियों की पालकी पर बैठ कर ही उन्हें लेने आएं।

ऊपर से वज्र की तरह कठोर दिखने वाली शची का मन भीतर एक पत्ते की तरह कांप रहा था। वे हार मान कर समझौता करने वाली औरत नहीं थीं लेकिन उनके मन में बार-बार ये विचार आ रहा था कि अगर उनकी योजना सफल न हुई तो!

उधर निमंत्रण पाते ही नहुष तो जैसे बावला हो गया। उसने तुरंत ऋषियों को हाज़िर होने का आदेश दिया। सज-संवर कर वो पालकी में सवार हुआ। शची को पाने के लिए वो अधीर हुआ जा रहा था।

कहते हैं न कि विनाशकाले विपरीत बुद्धि। सारी उम्र ऋषियों की सेवा करने वाले नहुष ने पालकी उठाये हुए अगत्स्य ऋषि को लात मारते हुए ग़ुस्से से कहा, सर्प-सर्प। यानी जल्दी चलो।

नहुष का उजड्ड व्यवहार देख कर ऋषि आगबबूला हो गए। उन्होंने उसी पल नहुष को श्राप दिया,“ जा मूर्ख। तेरा धर्म नष्ट हो... तू दस हज़ार साल तक सर्प की योनी में पड़ा रह।”

ऋषि के श्राप की टंकार तीनों लोकों में गूंज गई, मगर रानी शची को वह आवाज़ किसी जलतरंग की मधुर ध्वनी की तरह सुनाई पड़ी।

देवलोक का सिंहासन फिर इंद्र के इंतज़ार में था, जो अपना प्रायश्चित पूरा करके मानसरोवर से लौट रहे थे।

पूरे देवलोक में खुशी की लहर दौड़ पड़ी। देवताओं और गन्धर्वों ने पुष्पवर्षा की। ऋषियों ने उन्हें आशीष दिया।

चारों ओर रानी शची के जयकारे गूंज उठे थे।

सती अनसूया

चित्रकूट का घना जंगल सूरज के ढल जाने के बाद और भी गहरा दिखाई दे रहा था। गायों के गले की घंटियों और चिड़ियों के चहचहाने की आवाज़ जंगल के सन्नाटे को चीर रही थी। साथ ही बड़े से बरगद के नीचे बनी एक छोटी सी कुटिया से हवाओं में घुलते आरती के धीमे सुरीले स्वर। बड़ा ही सुंदर दृश्य था।

अनुसूया का यह संध्या दीप जलाने का वक़्त था और यही वक़्त था उनके पति ऋषि अत्रि के घर लौट आने का।

वे आरती ख़त्म करके रसोई की तरफ चल दीं। ये उनका रोज़ का नियम था। शाम ढलते ही वे ऋषि के आने के पहले अपने सारे काम समेट लेती। तरह तरह के पकवान बनातीं, घर को झाड़ बुहार कर संवारतीं और फिर अपने पति के आने का रास्ता देखतीं।

ऋषि भी जानते थे कि अनसूया उन्हें द्वार पर ही इंतज़ार करती मिल जाएंगी। इसलिए वे भी सूर्यास्त के बाद तेज़ क़दमों से सीधे घर की ओर चल पड़ते।

दोनों साथ बैठ कर खाना खाते, दिन भर की बातें एक दूसरे से कहते सुनते और शास्त्रार्थ करते। ऋषि का अपनी पत्नी पर बड़ा स्नेह और अभिमान था। अनसूया उस स्नेह और सम्मान की पूरी हक़दार भी थीं। वे ऋषि अत्रि का खूब ख़्याल रखतीं और पत्नीधर्म का पूरे मन से पालन करतीं। दोनों के बीच बहुत सुंदर मित्रवत् रिश्ता था।

आज शाम भी अनसूया हरि नाम जपते जपते अपने काम में मगन थीं–

शान्ताकारं भुजगशयनं पद्मनाभं सुरेशं
विश्वाधारं गगनसदृशं मेघवर्णं शुभाङ्गम्।
लक्ष्मीकान्तं कमलनयनं योगिभिर्ध्यानगम्यं
वन्दे विष्णुं भवभ्यहरं सर्वलोकैकनाथम् ॥

तभी किसी आहट से उनका ध्यान टूटा। वे बाहर आईं तो देखा कि उनके द्वार पर तीन संन्यासी खड़े थे। गेरुए वस्त्र पहने, कमंडल हाथ में लिए याचक के रूप में।

अनसूया ने अपने आंचल से सर को ढंका और आगे बढ़ कर तीनों अतिथियों को प्रणाम किया। फिर मंदाकिनी के ताज़े पानी से उनके पांव पखारे और बैठने के लिए आसन लगाए।

अनसूया पीने को पाने लाने भीतर रसोई में जाने लगीं तो एक संन्यासी बड़ी गंभीर वाणी में बोले, "भिक्षा दो देवी। भूखे संन्यासियों को भोजन करवाओ। हम बड़ी दूर से यात्रा करके चले आ रहे हैं।"

दूसरे ने पहले की हां में हां मिलाई। दो दिन से कुछ खाया नहीं है, जल्द ही भोजन का प्रबंध हो जाए तो तुम्हारा भला हो।

अनसूया ठिठक गईं। पलकें झुकाए बड़े नर्म स्वर में बोलीं, " बाबा आप थोड़ी देर इंतज़ार कर लें। मेरे पति अभी आते ही होंगे, तब मैं आप सभी को एक साथ भोजन परोस दूंगी।"

अनसूया का इतना कहना था कि तीसरे संन्यासी की भौहें तन गईं। वे सख्त आवाज़ में बोले, "हम दो दिनों से भूखे हैं देवी। तुम्हारे पति के आने की प्रतीक्षा नहीं कर सकते।"

या तो अभी या कभी नहीं, कहते हुए वे तीनों उठ खड़े हुए।

अनसूया डर गईं और क्षमा मांगते हुए भीतर रसोई की तरफ दौड़ पड़ीं।

तीनों संन्यासियों ने एक दूसरे की ओर देखा और मुस्कुरा दिए। भोली भाली अनसूया उस मुस्कान के पीछे छिपे छल से अंजान थीं।

ये तीनों कौन हैं? कहां से आये हैं? क्या वास्तव में संन्यासी ही हैं या छद्म वेश में कोई और हैं? अगर हां तो उनका क्या प्रयोजन हो सकता है? एक ऋषि की कुटिया में उन्हें एक वक़्त के भोजन के सिवा मिल ही क्या सकता था?

अनसूया चुपचाप रसोई तैयार करने में व्यस्त हो गई थीं।

उनके भीतर कोई प्रश्न नहीं, कोई शंका नहीं थी। बल्कि वे सोच रही थीं कि आज तो बड़ा शुभ दिन है। एक दो नहीं, बल्कि तीन संन्यासियों को भोजन कराने का पुण्य मिलेगा। इतना स्वादिष्ट भोजन पकाऊंगी कि सब उंगलियां चाटते रह जायेंगे और तृप्त होकर मुझे आशीर्वाद देंगे। क्या मांगूंगी भला मैं उनसे? भोली अनसूया पतीली में खीर ओंटाते हुए सोच रही थीं।

कुछ देर में ही तरह तरह के गर्मागर्म पकवान लेकर अनसूया बाहर आईं। तीनों के सामने पत्तल परोसा और आदर से बोलीं, "आप भोजन शुरू करें।"

लेकिन ये क्या? न किसी ने हाथ बढ़ाया, न कोई अपनी जगह से हिला। अनसूया ने दोबारा आग्रह किया, "क्या हुआ बाबा, आप लोग खाना शुरू क्यों नहीं करते? मुझसे कोई भूल हुई क्या?"

बेचारी अनसूया कहां जानतीं थीं कि ये उनकी पाक-कला का नहीं, बल्कि सतीत्व की परीक्षा का वक़्त था।

अनसूया के सवाल पर तीनों एक दूसरे का मुंह ताकने लगे। स्वांग तो उन्होंने ही रचा था मगर अब वे खुद डगमगा रहे थे। आख़िर हिम्मत करके बोले, "देवी हम भोजन ज़रूर ग्रहण करेंगे, लेकिन एक शर्त है।"

सीधी सरल अनसूया बोलीं, "आप कहिये तो महात्मन्! मुझसे जो बन पड़ेगा मैं करूंगी।"

दूसरे संन्यासी ने गहरी सांस भरी और सख्ती से बोले, "तुमको निर्वस्त्र होकर भोजन परोसना होगा। वरना ले जाओ सब कुछ जो तुमने बनाया है।"

क्या? अनसूया को अपने कानों में विश्वास नहीं हुआ। ये क्या सुन रही हैं वो?

उनकी धड़कनें बढ़ गईं, माथे पर पसीना छलछला आया।

अब क्या करें वे? अगर उसने संन्यासियों का कहा नहीं माना तो निश्चित ही वे सब उसके द्वार से वे भूखे चले जायेंगे। कितना बड़ा पाप होगा यह।

और अगर कहा मान लेती हैं तो? अरे कैसे मान लें कहा? कितना अपमानजनक है ये। कितना लज्जाजनक! और उनका सतीत्व भंग न हो जाएगा? उन्हें कुछ सूझ नहीं रहा था।

अनसूया ने आंखें बंद कर लीं और अपने ईश का स्मरण करने लगीं।

अनसूया मन ही मन देवताओं को याद कर रही थीं। उन्हीं देवताओं को जिन्होंने उसे इस दुविधा में डाला था।

कोई साजिश नहीं थी। देवताओं को जब अपने भक्तों का यश बढ़ाना होता हैं, उनकी कीर्ति संसार में फैलानी होती है तब वे ऐसी लीलाएं रचते हैं। देवों की इस लीला में देवर्षि नारद और देवियां भी एक साधन बने थे।

वक़्त की सीमायें लांघ कर चलते हैं ईश्वर की एक अनोखी लीला का साक्षी बनने।

एक बार देवर्षि नारद चित्रकूट के जंगलों से गुज़र रहे थे। वहां बहती मंदाकिनी, जंगल की हरियाली और खिलते फूल और फलों को देख कर वे हैरान रह गए थे। हैरान इसलिए क्योंकि वे जानते थे कि वहां तो पिछले दस बरसों में बारिश की एक बूंद भी नहीं गिरी थी तब ये कलकल बहती नदी कहां से आयी?

यहां वहां जंगलों की ख़ाक छानने के बाद वे ऋषि अत्रि के आश्रम में पहुंच गए। वहां अनसूया अपने पति को भोजन परोस रही थीं। उनके चेहरे पर तपस्विनी जैसी गंभीरता थी और आंखों में सहज प्रेम।

नारद मुनि को देख दोनों पति पत्नी उठ खड़े हुए। उनका सत्कार किया और उनके आगे भोजन परोसा।

नारद मुनि से रहा नहीं गया तो वो बोले,“मुनिवर मेरी जिज्ञासा शांत

कर दीजिये फिर मैं आराम से भोजन करूंगा। ये बताएं कि इस अकाल ग्रस्त वन में ये कलकल बहती नदी? क्या रहस्य है इसका?"

तब ऋषि अत्रि ने बताया कि वन में अकाल की वजह से सब परेशान थे। आस पास के झरने, पोखर, कुएं, बावड़ियां सब सूख गए। अनसूया पानी की खोज में कोसों दूर चल कर जातीं तब जाकर कहीं दिन भर के गुज़ारे लायक पानी का जुगाड़ कर पातीं।

बड़े तकलीफ भरे दिन थे। अनसूया से जंगल के जानवरों, पंछियों की प्यास नहीं देखी जा रही थी। दम तोड़ते उन मासूम जीवों को देख कर उनका मन कलप जाता।

आख़िर वे तप करने बैठ गईं। उनकी कठिन तपस्या और अनुष्ठानों से प्रसन्न होकर स्वर्ग के सभी देवी देवता प्रकट हुए। उनकी मांग पर स्वर्ग से मंदाकिनी नदी पृथ्वी पर उतारी गई।

देवर्षि ये वृत्तांत सुनकर हैरान रह गए थे। उन्होंने अनसूया को प्रणाम किया और चल पड़े। आख़िर ये बात उन्हें दूर दूर तक पहुंचानी थी।

उस दिन नारद मुनि का सत्कार करने वाली अनसूया कहां जानती थीं कि एक दिन यही देवर्षि उन्हें कठिन परीक्षा में डाल देंगे। देवर्षि की नियत में खोट नहीं था। वे तो बस अनसूया के प्रताप को देख कर हैरान हो गए थे और जो भी अच्छा-बुरा देखा-सुना उसे तीनों लोकों में फैलाना उनकी तो आदत थी।

उस दिन ऋषि अत्रि के आश्रम से निकल कर देवर्षि नारद सीधे अपने इष्टदेव के पास पहुंचे थे।

क्षीरसागर में लहरों की आवाज़ के साथ नारायण नारायण का स्वर भी घुलने लगा था।

अपने प्रिय शिष्य को देख कर विष्णु जी मुस्कुराए और पूछा, "आज क्या ख़ास समाचार लाये हो नारद?"

नारद मुनि झेंप गए। आप तो अंतर्यामी हैं प्रभु। पर आज मैं मां लक्ष्मी के दर्शनों को आया था। कहते हुए उन्होंने लक्ष्मी जी के पास अपना आसन जमा लिया।

लक्ष्मी जी की आंखें भी चमक गईं। वे जानती थीं कि देवर्षि नारद बिना कारण के नहीं आये हैं। वे बोली, "कहिये मुनिवर, जल्दी कहिये। मुझे जिज्ञासा हो रही है।"

देवर्षि थोड़ा और करीब सरक आये और बोले, "आज मैं ऐसे ही घुमता हुआ पृथ्वी लोक में ऋषि अत्रि के आश्रम पहुंच गया।"

लक्ष्मी जी हँस दीं। "तो कौन सी ख़ास बात हुई देवर्षि! यहां-वहां भ्रमण करना तो आपकी आदत ही है।"

लक्ष्मी जी के तंज को अनसुना करते हुए देवर्षि बोले, "माता ख़ास बात मेरे भ्रमण में नहीं, ख़ास तो ऋषि अत्रि की पत्नी अनसूया हैं।"

"अच्छा? उनमें ऐसा क्या विशेष है भला?" लक्ष्मी जी ने ज़रा सा लहजा बिगाड़ते हुए पूछा।

"देवी अनसूया में ख़ास है उनका सतीत्व और उनका व्यक्तित्व। मैं तो धन्य हुआ उनके दर्शन पाकर। यक़ीन मानिए माता और उनके जैसी पतिव्रता स्त्री तीनों लोकों में नहीं है।" नारद मुनि गंभीरता से बोले।

"तीनों लोकों में? क्या वे मुझसे भी बड़ी पतिव्रता हैं नारद?" लक्ष्मी जी ने विचलित होकर पूछा।

"क्षमा चाहता हूं देवी, लेकिन सच कहता हूं उनके जैसा सतीत्व पूरे ब्रह्माण्ड की किसी स्त्री में नहीं और इसी वजह से उनके भीतर देवियों जैसा तेज और शक्ति है। आप जानती हैं एक साधारण स्त्री, एक ऋषि पत्नी होते हुए भी वे अपने प्रताप से मन्दाकिनी को स्वर्ग से धरती पर उतार लाई हैं।"

देवर्षि नारद के मुंह से अनसूया की इतनी तारीफ सुन कर लक्ष्मी जी के मन में ईर्ष्या होने लगी। "पृथ्वीलोक की एक साधारण स्त्री हम देवलोक की नारियों से श्रेष्ठ कैसे? नहीं! ये संभव नहीं। मैं इस बात को मानने से इंकार करती हूं।"

"आपके मानने न मानने से सत्य अपनी जगह से नहीं हिलने वाला देवी।" देवर्षि नारद इतना कह कर वहां से चल दिए थे। उस दिन उन्हें और भी कहीं जाना था।

चित्रकूट के ऋषि अत्रि के आश्रम में अनसूया नारायण जाप में लगी थीं। उनकी आंखें झरझर बह रही थीं। बाहर बैठे तीन संन्यासियों ने उन्हें भारी दुविधा में डाल दिया था।

इस पूरे खेल की शुरुआत तो देवर्षि नारद के बैकुंठधाम जाने से शुरू हुई, मगर वे ठहरे कहां थे! क्षीरसागर से निकल कर वे उत्तर की ओर पहाड़ों की तरफ चल पड़े थे। मौसम बदलता जा रहा था। गर्म उमस भरी हवाओं की जगह बर्फीली हवाओं ने ले ली थी। कुछ देर बाद नारद कैलाश पर्वत पहुंच गए। बर्फ़ से ढकी हिमालय की चोटियों में फिर वही स्वर गूंज रहा था-नारायण नारायण।

कैलाश यानी हिमालय की एक ऊंची चोटी जहां नागराज वासुकी को अपने गले का हार बनाए, तीन नेत्रों वाले, जटाजूट धारी शंकर-धूनी रमाये बैठे थे। उनके पास ही बैठी थीं उनकी प्रिया यानी पार्वती।

देवर्षि को देख शिवजी ने उनके आने का प्रयोजन पूछा।

नारद मुनि ने भी बिना कोई लाग लपेट के उनके और पार्वती जी के सामने अपनी पृथ्वीलोक की यात्रा और सती अनसूया की महिमा का बखान कर दिया। जैसी की उन्हें उम्मीद थी भोले भंडारी तो मुस्कुरा दिए, मगर पार्वती मैया की त्योरियां चढ़ गईं।

"क्या मतलब है आपका देवर्षि? अनसूया तीनों लोकों में सबसे श्रेष्ठ? क्यों? हमारे पतिव्रत में, हमारे समर्पण में क्या कमी है? हम भी तो अपने पति के लिए यहां हिमालय में रहते हैं। श्मशान की राख में लिपटे महादेव से अथाह प्रेम करते हैं। फिर अनसूया हमसे श्रेष्ठ कैसे?"

नारद मुनि ने पार्वती जी की बातें जैसे सुनी ही न हो। वे तो अनसूया का गुणगान करने में रमे थे। कहने लगे, "जानते हैं प्रभु, अनसूया के पास कोई दैवीय शक्ति नहीं है। उनका सतीत्व ही उनका हथियार है। वही उनकी ढाल-तलवार है।"

इसी तरह नारद सरस्वती जी के पास भी गए और उनके सामने भी अनसूया का यशगान कर आये।

अब तीनों देवियों के मन से अनसूया का नाम हट ही नहीं रहा था। सच तो ये था कि उन्हें भरोसा ही नहीं हो रहा था कि अनसूया का पतिव्रत इतना पवित्र और शक्तिशाली है कि उनकी गिनती उन तीनों देवियों से ऊपर होने लगे।

आख़िर वे सब मिल कर त्रिदेवों यानी ब्रह्मा, विष्णु और महेश से गुज़ारिश करने लगीं।

देवियां चाहती थीं कि देव खुद वेश बदल कर अनसूया के पास जाएं और उनकी परीक्षा लें।

यह कैसी बेतुकी ज़िद्द थी। देवों ने एकदम इनकार कर दिया। यह कोई खेल नहीं था। अनसूया के सम्मान का प्रश्न था।

मगर देवियों के बार बार ज़िद करने पर आख़िर उन्हें मानना ही पड़ा कि उन्होंने ये खेल रच डाला था और संन्यासी वेश में तीनों अनसूया की कुटिया में पहुंच गए थे।

यानी अनसूया की कुटिया में पहुंचकर उनको धर्म संकट में डालने वाले कोई अधर्मी संन्यासी नहीं, बल्कि त्रिदेव थे- ब्रह्मा, विष्णु और महेश। तीनों लोकों के स्वामी!

अब तो और भी चिंता की बात है। क्या करेंगी माता अनसूया? धर्म और सतीत्व में किसे चुनेंगी?

अनसूया को आंख बंद करके ध्यान में लगा देख शिवजी तेज़ आवाज़ में बोले, "क्या सोच रही हैं देवी? हम यहां सारी उम्र यूं ही भूखे पेट नहीं बैठे रह सकते।"

"ऐसा न कहें बाबा। मैं ब्याहता हूं। पराये पुरुषों के सामने कैसे निर्वस्त्र हो सकती हूं? कृपया ऐसी कठिन परीक्षा मत लीजिये मेरी।" अनसूया गिड़गिड़ाईं।

तीनों ने अनसूया की बात अनसुनी करके कहा, "ठीक है फिर हम भूखे ही लौट जाते हैं और वे आसन से उठने लगे।"

अनसूया ने आंखें बंद करके भगवान् का ध्यान किया। फिर धीरे से अपनी पलकें खोलीं और पास रखे पूजा के कलश को उठाया। उन्होंने

अपनी तीन उंगलियां भीतर डुबाई और उसका पानी सामने बैठे तीनों संन्यासियों पर छिड़क दिया।

ओह!! ये क्या? तीनों देव छः-छः माह के बच्चे बन गए! कैसा प्यारा चमत्कार था ये!

अनसूया मुस्कुराते हुए उठीं और उनको अपनी गोद में बैठा लिया। उन मासूम बच्चों के सामने उन्हें अपने वस्त्र त्यागने में कोई झिझक नहीं थी।

बच्चों ने अनसूया को अपनी मां जान कर जी भर के दूध पिया और तृप्त हो गए।

देवलोक से नारद मुनि और तीनों देवियां भी ये दृश्य देख कर मुस्कुरा उठीं।

"मान गए देवर्षि, अनसूया तीनों लोकों में सबसे श्रेष्ठ हैं। कितनी चतुराई से उन्होंने अपने पतिव्रत की रक्षा की। चलिए उन्हें आशीर्वाद देने हम भी उनकी कुटिया में चलें।" देवियों ने स्नेह भरे स्वर में कहा।

अनसूया बच्चों को पालने में डाल कर भीतर चली गईं। वापस लौटी तो उनके आंगन में साक्षात त्रिदेव अपनी पत्नियों सहित उनका इंतज़ार कर रहे थी।

अनसूया की आंखें भर आईं। उन्होंने ज़मीन पर माथा टेक लिया।

विष्णु जी ने स्नेह से उन्हें उठाया और बोले, "माता आपके दर्शन करके हम धन्य हुए हैं। आप हमसे जो चाहे मांग लीजिये।"

अनसूया की आंखें ख़ुशी से चमक गईं। बोलीं, "प्रभु आप तीनों मेरी संतान के रूप में मेरी कोख़ से जन्म लीजिए।"

ब्रह्मा, विष्णु और शिवजी मुस्कुरा दिए और तीनों एक साथ बोले, "तथास्तु!" और अपनी पत्नियों के साथ अपने-अपने लोक में चले गए।

अनसूया की खुशी का ठिकाना नहीं था। उनका मन लोरियां गाने को हुआ।

सच तो ये था कि चित्रकूट के जंगलों की सांय-सांय और मन्दाकिनी का कल कल बहता पानी भी अनसूया को अब मधुर-लोरी की तरह सुनाई पड़ रहा था।

सावित्री की ज़िद

राजमहल में संध्या आरती हो रही थी। चारों ओर घी के दिए जल रहे थे। धूप बत्ती की खुशबू से हर कमरा महका हुआ था। चारों दिशाएं रोशन थीं। लगता ही नहीं था कि सूरज अस्त हो चुका है। सिवा रानी मालवी के चेहरे के सब कुछ जगमगा रहा था। उनका माथा चिंता की लकीरों से ढंका हुआ था।

राजा अश्वपति उनके क़रीब आकर बैठ गए। उन्होंने रानी का हाथ थाम लिया और मुस्कुराते हुए पूछने लगे, "ज़रा बताइए तो कि मद्र साम्राज्य की रानी के चेहरे पर उदासी का कारण क्या हो सकता है?"

राजा की ठिठोली से रानी की उदासी दूर होने की जगह और गहरा गई। उनकी आंखे भर गई।

अब तो राजा को भी फ़िक्र हुई। वे गंभीर हो गए और बोले, "बताइए तो रानी क्या हुआ है आपको? ऐसा कौन सा कष्ट है जिसे हम दूर नहीं कर सकते?"

रानी झरोखे से बाहर देखने लगीं। वहां महल के बागीचे में ढलते सूरज को देखते हुए अपने में खोयी एक सुंदर लड़की बैठी थी। उसकी दूधिया रंगत आस पास खिले फूलों की लालिमा से और खिल आयी थी। आंखों में किसी सोलह साल की लड़की की तरह चंचलता होने की जगह, किसी तपस्विनी के जैसा तेज था। रानी उसे एकटक देखती रहीं।

राजा हँस पड़े, "तो आपकी चिंता का कारण मेरी लाड़ली सावित्री है? आपने तो मुझे डरा ही दिया था।" राजा ने चैन की सांस लेते हुए कहा। वे उठ कर झरोखे के पास गए और सावित्री को आवाज़ लगाने लगे।

सावित्री पिछली पूर्णिमा को पूरे सोलह बरस की हो गई थी और रानी की चिंता का कारण यह था कि राजा अब तक उनके लिए एक योग्य वर नहीं खोज पाए थे।

ऐसा नहीं कि राजा ने कोशिश नहीं की थी, मगर सावित्री के लिए जोड़ी खोजना आसान नहीं था।

वे आम लड़कियों की तरह हँसी ठिठोली करके जीवन का आनंद उठाने वाली लड़की नहीं थी। उनका स्वभाव ऋषि-मुनियों की तरह गंभीर और गहराई लिए हुए था। उनकी सोच और विचार किसी दार्शनिक की तरह होते थे।

सावित्री की बातें उसकी हमउम्र लड़कियां तो समझ ही नहीं पाती थीं। शायद इसलिए उसकी कोई सहेलियां भी नहीं थीं, जिनके साथ वो हँसती-बोलती और साज-सिंगार की बातें करतीं।

और यही हाल लड़कों का भी था। वे सावित्री को देखते ही उसकी सुंदरता पर रीझ जाते। उससे बात करना चाहते, मगर उसका ज्ञान देख कर पास आने से घबराते थे। उनको ये चिंता सताए रहती कि न जाने ये कब किस विषय पर शास्त्रार्थ शुरू कर दे और उनकी सारी हेकड़ी निकल जाए।

सावित्री अपने चारों ओर जैसे एक प्रकाश पुंज लेकर चलती थी। यानी एक घेरा जिसके भीतर आने की कोई हिम्मत नहीं करता था।

राजा अश्वपति और महारानी मालवी की इकलौती संतान थीं सावित्री। न जाने कितने व्रत, उपवास और कठिन तपस्या के बाद ईश्वर के वरदान के रूप में उनका जन्म हुआ था। कहते हैं राजमहल की सुख सुविधाओं से दूर, तपोवन में जब उनका जन्म हुआ था तो जंगल के सारे पक्षियों ने मिल कर उनके स्वागत में राग-रागिनियां गाई थीं। आसमान से उतरकर इन्द्रधनुष ने सतरंगा हार पहनाया था, चांद ने माथे पर नीली बिंदी लगाई थी।

सावित्री नए युग का सवेरा थी। राजा रानी उनको बड़े नाज़ों से पाल रहे थे। उनके सुख, उनकी खुशियां और उनके जीने का मक़सद बस सावित्री ही थी।

पर अब राजा अश्वपति और रानी के मन में सावित्री के ब्याह की चिंता गहराती जा रही थी। पूरे प्रदेश में उन्हें एक भी ऐसा युवक नहीं मिला जो सावित्री की बराबरी कर सकता। जिसके साथ उसकी जोड़ी जंचती और जो राजा-रानी को विश्वास दिला सके कि वह उसे खुश रखेगा। सावित्री अपने माता पिता को परेशान देखती तो दुखी हो जाती। वह अपने माता-पिता के माथे पर गहराती चिंता की लकीरें मिटा देना चाहती थी। मगर कैसे?

आखिर राजा ने एक अनोखा निर्णय लिया और अपनी बुद्धिमति बेटी पर ही यह ज़िम्मेदारी डाल दी। उन्होंने सावित्री को बुला कर कहा, "तुम अपना जीवन साथी स्वयं खोजो। तुम्हारे लिए क्या सही है क्या ग़लत, यह तुम बेहतर जानती हो। और यह तुम्हारी अपनी ज़िन्दगी है सावित्री।"

बेटियों को अपनी ज़िंदगी के फ़ैसले खुद लेने की स्वतंत्रता मिलनी ही चाहिए। जल्द ही अपने माता-पिता का आशीर्वाद लेकर सावित्री अपना जीवनसाथी ढूंढ़ने के लिए निकल गई।

सावित्री एक समझदार स्त्री थीं। फिर भी यूं राजमहल छोड़ कर अनजाने रास्तों और जंगलों में भटकने के ख़्याल से वे घबरा रही थीं। बचपन से पिता की छत्रछाया में रहने के बाद अकेले निकलने में हिचक रही थीं। सावित्री जंगल-जंगल भटक रही थीं। रास्ते में जितने ऋषि-मुनियों के आश्रम मिलते वो वहा ठहर जातीं। उनसे शास्त्रार्थ करतीं, आध्यात्म की बारीकियां समझती और अपने भीतर की कमियों को खोज कर उन्हें दूर करतीं। वो तीनों लोकों के रहस्य जानना चाहती थी- जन्म, मृत्यु और मोक्ष के रहस्य।

इसी तरह दिन बीत रहे थे। मौसम बदल रहे थे।

फिर बहारों का मौसम आया। जंगल भीनी-भीनी खुशबू से महक रहा था। लताओं पर रंग-बिरंगे फूल खिल गए थे। पोखर और तालाब छोटे-बड़े कमल के फूलों से ढंक गए थे। भौंरे गुंजन कर रहे थे। कोयल और पपीहे भी कूक-कूक कर अपने साथी को खोज रहे थे। सावित्री थक कर

एक पेड़ की छांव में पलकें मूंदे बैठ गई। तभी पास ही कहीं से ठक-ठक की आवाज़ सुन कर उन्होंने चौंक कर आंखें खोलीं।

सामने एक युवक कुल्हाड़ी से लकड़ियां काटने में मगन था। यह शाल्व साम्राज्य के दृष्टिहीन राजा द्युमत्सेन के पुत्र थे उन्हें छल से उनके राज्य से निकाल दिया गया था और अब उनका परिवार यहां जंगलों में भटकने को मजबूर था।

साधारण वेशभूषा वाले इस युवक में न जाने कैसा आकर्षण था कि सावित्री उन्हें एकटक देखने लगी। तभी राजकुमार की नज़र भी सावित्री पर पड़ी। दोनों एक दूसरे की ओर एकटक देखते रहे, जैसे दोनों के बीच बिना शब्दों के कोई बात हो रही हो।

अचानक तेज़ हवा का झोंका आया और पेड़ों की डालियां झूम गईं और उनमें लगे फूल झरने लगे।

सावित्री ने मीठी आवाज़ में अपना परिचय दिया, "मैं सावित्री। मद्र देश के राजा अश्वपति की बेटी।"

युवक मुस्कुराया, "मैं सत्यवान।"

सावित्री भी मुस्कुराई। उनके कोमल मन में प्रेम ने दस्तक दे दी थी।

समय का पहिया कुछ देर को ठहर गया था। एक ऐसा रिश्ता बनने जा रहा था जिसे सदियों तक याद किया जाएगा। जिसकी मिसालें युगों तक दी जाएंगी।

दोनों एक दूसरे के क़रीब आये और सत्यवान ने आगे बढ़ कर सावित्री का हाथ थाम लिया। 'शाल्व' के सुंदर उपवन में फूलता मौलश्री का वह पेड़ उनके प्रेम का साक्षी बना था। सावित्री वहां बिखरे फूलों को चुनने लगी। एक-एक फूल वे अपनी कोमल उंगलियों से उठाती और एक लम्बी घास की पत्ती में पिरोती जातीं। उनकी देखा-देखी सत्यवान भी फूल उठा उठा कर सावित्री की हथेली पर रखने लगे। वह मुस्कुरा दीं।

थोड़ी देर में दो सुंदर मालाएं तैयार थीं, जिन्हें एक दूसरे के गले में डाल कर दोनों एक हो गए। सभी देवी-देवता, नक्षत्र-तारे, पेड़-पर्वत, बादल और

पक्षी उनके इस गंधर्व विवाह के साक्षी बने। पिता की आज्ञा लेकर जल्द ही आने का वादा करके सावित्री लौट गईं।

सावित्री ने अपने लिए वर चुन लिया है यह जान कर राजा अश्वपति और महारानी बहुत खुश थे। वे विवाह का प्रस्ताव लेकर सत्यवान के पिता से मिलने जाने की योजना बना रहे थे। तभी महल में नारायण-नारायण की गूंज उठी। ऋषि मुनि नारद पधारे थे। स्वागत सत्कार के बाद राजा ने उन्हें सावित्री के विवाह की खबर दी।

लेकिन ये क्या? ऐसे शुभ समाचार को सुनकर खुश होने की जगह देवर्षि नारद के माथे पर बल पड़ गए!

"क्या हुआ ऋषिवर,कोई भूल हुई हमसे?" राजा ने सर झुककर पूछा

नारदमुनि बोले, "भूल आपसे नहीं सावित्री से हुई है राजन। सत्यवान हर तरह से श्रेष्ठ मनुष्य है,परन्तु आज से ठीक बारह माह के बाद उसकी मृत्यु होना निश्चित है।"

यह सुनते ही संध्यादीप जलाती सावित्री की आंखों से आंसू लुढके और दिए की बाती पर गिर पड़े राजमहल में अंधेरा छा गया। राजा अपना सर पकड़ कर धरती पर बैठ गए। महारानी का खिला हुआ चेहरा पीला पड़ गया।

नारद मुनि बोले, "दुखी मत हों महाराज। आप सावित्री के लिए कोई दूसरा वर खोज लीजिये। आपकी गुणवान लड़की के लिए लड़कों की कोई कमी है क्या?"

मुनि की बात सुनते ही मां के आंचल में सुबकती सावित्री बिखर गई और बोली, "नहीं पिताजी! मैंने सत्यवान को अपने मन में जगह दे दी है और उन्हें लौट आने का वचन दिया है। मैं शादी उन्हीं से करूंगी, चाहे सारी उम्र मुझे दुःख ही क्यों न भोगना पड़े।"

सभी चुप हो गए। भाग्य का लिखा वैसे भी कौन टाल सकता था!

राजमहल के सुख, रेशमी वस्त्र, गहने, सब कुछ छोड़कर सावित्री ने सत्यवान को पाया था। इसलिए उन्हें खोने के ख़याल भर से वे विचलित

हो जाती थीं। बस यही डर सताता रहता कि उन्हें कुछ हो न जाए, लेकिन वे अपने चेहरे में एक शांत भाव ओढ़े रहतीं कि सत्यवान जान ही नहीं पाते कि उनके मन के भीतर कैसा तूफ़ान उठा है। उफ़्फ़! कैसी कठिन परीक्षा की घड़ी थी।

वहीं सत्यवान से ज़्यादा खुश तो संसार में कोई दूसरा न था। सावित्री जैसी जीवन संगिनी को पाकर कौन खुश न होता!

कभी-कभी सच से बेख़बर होना कितना अच्छा होता है। इंसान मृत्यु का दुःख तो जैसे तैसे सह जाता है, लेकिन असहनीय होता है मृत्यु की प्रतीक्षा करना। हर रोज़ तिल-तिल मरना।

हर शाम का ढलता सूरज सावित्री को उदास कर देता। उनका वश चलता तो सूर्य को अस्त होने से रोक देतीं और सत्यवान की मृत्यु को हमेशा के लिए टाल देती।

मगर वक़्त का पहिया कहीं थमता है क्या? और काल कभी टला है?

एक-एक करके दिन मुट्ठी से फिसलते जा रहे थे और सावित्री अपने पति की मौत को क़रीब आते देख रही थीं। सत्यवान भी देख रहे थे कि सावित्री अब पहले जैसी शांत नहीं रहीं। वो हँसते-हँसते अचानक उदास हो जातीं। कभी सत्यवान को देखते हुए सोच में डूब जाती। एक दिन सत्यवान ने पूछ भी लिया,

"तुम्हें क्या दुःख है सावित्री? इतनी परेशान क्यों दिखती हो?"

सावित्री क्या कहतीं। चेहरे पर झट से एक शांत भाव लाकर मुस्कुरा दीं।

एक साल गुज़र गया था। बारहवें महीने के आख़री तीन दिन सावित्री ने कठिन व्रत शुरू कर दिए,खाना-पीना छोड़ दिया। दिन के चारों पहर वे बिना पलकें झपकाये चौकस खड़ी रहतीं। उन्हें डर लगा रहता कि कहीं आंख लगी और सत्यवान उनसे दूर न चले जाएं।

मगर मौत ज़िन्दगी से ज़्यादा चालाक होती है। सावित्री से विवाह के बारह महीने जिस दिन पूरे हुए उस रोज़ सत्यवान जंगल में लकड़ी काटते-

काटते गिर पड़े और सावित्री की गोद में ही उनके प्राण निकल गए। सावित्री अपने पति के निर्जीव शरीर को कस के पकड़ कर आंखें मूंदकर प्रार्थना करती रहीं। तभी उसे महसूस हुआ कि कोई सत्यवान को खींच रहा है। घबरा कर आंखें खोली तो देखा साक्षात् यमराज खड़े थे।

यमराज ने सत्यवान के शरीर से आत्मा निकाली और दक्षिण दिशा की ओर चल पड़े। सावित्री को लगा जैसे कोई उनकी आत्मा लिए जा रहा है। उन्होंने दौड़कर मृत्युदेव के पांव पकड़ लिए और रुंधे गले से बोली, "प्रभु मैंने विवाह की वेदी पर अपने पति को सारी उम्र साथ रहने का वचन दिया था। अब उसे कैसे तोड़ सकती हूं आप ही बताइए?" उन्हें जीवनदान दीजिये धर्मराज।

यमराज के माथे पर बल पड़ गए। वे सावित्री के प्रेम की गहराई जानते थे, पर काल के सामने प्रेम कब टिक पाया है? वे बोले, "यह असंभव है सावित्री। जीवन चक्र में फेरबदल नहीं किया जा सकता। तुम जाओ और उसके अंतिम-संस्कार का प्रबंध करो।"

सावित्री ने उनकी बात अनसुनी कर दी और बिना हिचकिचाए बोली,"अगर आप चाहें तो कुछ भी हो सकता है प्रभु।" यमराज हैरान थे। उनसे जीवनदान मांगने वाली ये पहली स्त्री थी। मृत्यु के देवता से जीवन? कैसा विरोधाभास था ये। वो बिना कुछ बोले चल दिए। सावित्री भी उनके पीछे चलने लगी।

सावित्री के चेहरे की गंभीरता और उसके इरादों की सच्चाई से यमराज भी घबरा गए थे। वे जल्दी से जल्दी पृथ्वीलोक से दूर निकल जाना चाहते थे। लेकिन उनके कदम उठ नहीं रहे थे। सावित्री का आत्मबल उनके कदम रोके हुए था। सावित्री जीवन और मृत्यु पर अपने तर्क करती जा रही थी।

प्रेम इंसान को शक्ति देता है। साहसी बना देता है। पर मौत से लड़ने का साहस! ये सिर्फ सावित्री जैसी औरत ही कर सकती थी। वे ज़िद पर अड़ी थीं कि प्रभु मुझे सत्यवान से अलग मत कीजिये। उन्हें जीवन नहीं दे सकते तो मुझे यमलोक ले चलें।

सावित्री की बुद्धि, इच्छाशक्ति और प्रेम देख कर यमराज का मन पसीजने लगा। उन्होंने उससे ज़िद छोड़ कर कोई वरदान मांगने को कहा। सावित्री ने पहले अपने ससुर की दृष्टि, उनका राजपाठ, फिर अपने पिता के लिए पुत्र मांग लिया। यमराज तथास्तु कहकर तेज़ी से कदम बढ़ाने लगे कि शायद अब इस ज़िद्दी स्त्री से पीछा छूटा।

मगर ये क्या? सावित्री ने भी अपनी चाल तेज़ कर दी। उनकी सांसें धौंकनी की तरह चल रही थी। वो फिर यमराज की राह रोक खड़ी हो गई। तलुओं से खून रिस रहा था, मगर चेहरे पर सूर्य जैसा तेज था।

सावित्री ने यमराज की आंखों में देखते हुए कहा, "प्रभु आप के पास तो असंभव को संभव करके की शक्ति है, मुझे और एक वरदान दीजिये।"

हार कर यमराज बोले, "सत्यवान के जीवन के अलावा मांग लो जो मांगना है।"

सावित्री बोली, "प्रभु मुझे सत्यवान से सौ पुत्रों की प्राप्ति हो।"

"तथास्तु!" धर्मराज का अनजाने में कहा यह एक शब्द तीनों लोकों में गूंज गया।

स्वर्गलोक में बैठे देवता मुस्कुरा दिए। सावित्री ने अपनी ज़िद और चतुराई से काल को हरा दिया था। यमराज को अब अपनी ग़लती का अहसास हुआ कि जब सत्यवान ही नहीं रहेगा तो उसके सौ पुत्र कहां से आएंगे? पर अब क्या हो सकता था। वे मुस्कुरा दिए। सावित्री को हमेशा सौभाग्यवती रहने का आशीर्वाद देकर यमराज ने सत्यवान की आत्मा को मुक्त कर दिया।

युगों-युगों तक दोहराई जाने वाली एक कथा का सुखद अंत हुआ।

पांचाली का मन

युगों पुरानी बात है। द्वापर युग की।

घने जंगल के बीचों बीच जांबु का एक हरा भरा वृक्ष था और उस पर लटका था एक मात्र जांबु फल।

पेड़ के नीचे खड़ी थी एक सांवली सी स्त्री। जिसकी आंखें कमल की पंखुड़ियों के सामान और भवें चंद्रमा के जैसी थीं। उसके चेहरे पर कभी तेज झलकता तो कभी वह गहरी नदी की तरह शांत दिखाई देती।

वह पांचाल नरेश की बेटी पांचाली थी। यज्ञ कुंड से जन्मी याज्ञसेनी, वह कृष्ण की सबसे ख़ास सखी कृष्णा थी। वह पांच पांडवों के बीच बांटी गई द्रौपदी थी।

हस्तिनापुर में कौरवों ने जब पांडवों को चौपड़ के खेल में छल से हरा दिया, तो उन्हें बारह वर्ष का वनवास और एक वर्ष का अज्ञातवास मिला।

पांडवों की इस हार का दर्द द्रौपदी को भी भोगना ही था। पत्नी जो थी और जन्म से ही बिना किये अपराधों के लिए दण्डित होना जैसे उसकी नियति थी।

विराट नरेश के राज्य में छिप कर तेरहवें वर्ष का अज्ञातवास भोग रहे थे पांडव। युधिष्ठिर कंक नामक ब्राहाण बने राजसभा में द्यूत क्रीड़ाएं खेलते, भीम बल्लव नाम से रसोइया बने, अर्जुन स्त्री रूप धर कर बृहन्नला बने और नृत्य की शिक्षा देने लगे। नकुल और सहदेव घोड़े और गायें सम्भालने लगे। द्रौपदी सैरंध्री के रूप में रानी के बाल संवारती थी।

बड़े तकलीफ़देह दिन थे। द्रौपदी के लिए तो हर क्षण जैसे कांटों भरी पगडंडियों पर चलना था।

उसे जब समय मिलता राजमहल से बाहर निकल आती और जंगल में यहां वहां भटकती, फूलों को देखती, फलों को चखती, पक्षियों का संगीत सुनती। इस तरह प्रकृति के बीच उसके दुःख कुछ कम हो जाते थे।

उस रोज़ द्रौपदी की दृष्टि पेड़ पर लगे जांबु फल पर अटक गई। ताज़ा रसीला फल देख कर उसका मन ललचा गया। बरसों से उसके भीतर छुपी बैठी चंचल लड़की बाहर निकल आयी। उसने आस पास आंखें घुमाईं और कुछ पत्थर इकट्ठे कर लाई। वह उस लाल गुलाबी रसीले फल पर निशाना साधने लगी।

एक पत्थर, दो पत्थर और भी न जाने कितने पत्थर मारे, लेकिन एक भी निशाना फल पर न लगा। आखिर उसने झाड़ियों में पड़ा एक लंबा बांस उठाया और फल पर दे मारा। इस बार निशाना सही लगा।

नीचे गिरे जांबु फल को उसने आंचल से पोछा और अपने मुंह में डालने ही जा रही थी कि न जाने कहां से प्रकट हुए कृष्ण ने उसका हाथ पकड़ लिया।

अचानक कृष्ण को सामने देख द्रौपदी आश्चर्यचकित रह गई। उनके शांत मुस्कुराते चेहरे को बिना पलकें झपकाये देखती रहीं। समय का चक्र जैसे वहीं रुक गया हो।

तभी कृष्ण ने उन्हें हौले से पुकारा, "कृष्णा। कहां खो गई? अपने सबसे प्यारे मित्र को देख कर तुम क्या खुश नहीं हो?"

कृष्ण के मुंह से अपने लिए कृष्णा का संबोधन सुन कर द्रौपदी जैसे किसी सम्मोहन से बाहर निकल कर आईं। कुछ कह न सकीं, बस मुस्कुरा दीं।

बचपन से ही द्रौपदी कृष्ण के बहुत क़रीब थीं। कृष्ण उनके बाल सखा थे। द्रौपदी अपने मन की हर बात उनसे बेझिझक साझा करतीं थीं।

बल्कि कृष्ण के प्रति अपना गहरा प्रेम भी उन्होंने कभी नहीं छिपाया।

अगर द्रौपदी का जन्म किसी ख़ास उद्देश्य से न हुआ होता तो शायद वे भी कृष्णप्रिया होतीं। मगर यज्ञ की अग्नि से जन्मी इस याज्ञसेनी का जन्म तो इस धरती पर कौरवों के नाश के लिए हुआ था और इस पूरे नाटक की पटकथा पहले ही लिखी जा चुकी थी।

कृष्ण ने द्रौपदी के हाथ से जांबु फल अपने हाथ में ले लिया। उस लाल गुलाबी सुंदर रसीले फल को देख उनके चेहरे की मुस्कराहट गायब हो गई और माथे पर चिंता की लकीरें उभर आईं।

द्रौपदी घबरा गईं, "क्या हुआ कृष्ण? मुझसे फिर कोई भूल हुई क्या?"

"हाँ कृष्णा। इतने बड़े वृक्ष में लगे इस इकलौते जांबु फल को तोड़ने की भूल हुई है तुमसे।"

द्रौपदी ने हैरान होकर कहा,"जंगल में लगे एक वृक्ष से ये नन्हा सा फल तोड़ने में कैसी भूल? कैसा अपराध कृष्ण? मेरी हर बात को, मेरे हर फैसले और हर कदम को ग़लत ठहराए जाने की कोई प्रथा है क्या इस वंश में?"

कृष्ण तो अंर्तयामी थे। द्रौपदी का दर्द समझते थे। मगर जो लिखा जा चुका था उसको टाल भी तो नहीं सकते थे। उन्होंने शांत स्वर में अपनी प्रिय सखी को समझाया कि जो फल उन्होंने भूल से तोड़ लिया है वह ऋषि अमित्र के हिस्से का है। "पूरे बारह साल की तपस्या और उपवास के बाद ऋषि इसी फल को खा कर अपना व्रत खोलेंगे। यह बहुत ख़ास फल है। साल भर में पूरे वृक्ष में एक ही फल लगता है और जब ऋषि को पेड़ पर फल नहीं मिलेगा तो निश्चित रूप से पांडव और तुम उनके क्रोध का शिकार होगे।"

"कृष्णा पहले से ही तुम लोगों के जीवन में इतने कष्ट हैं। अब और कैसे सह पाओगे?" कृष्ण ने अपनी सखी पर स्नेह दिखाते हुए कहा।

उफ़्फ़! और कष्ट! द्रौपदी के माथे पर चिंता की लकीरें उभर आईं।

कृष्ण द्रौपदी के चेहरे पर छाई उदासी देख कर मुस्कुरा दिए।।

द्रौपदी खीज गईं, "मुझे मुश्किल में देख कर आप मुस्कुरा रहे हैं? क्या आपको मुझसे थोड़ा भी प्रेम नहीं?"

कृष्ण अब भी मुस्कुरा रहे थे।

जिसने ख़ुद पूरा खेला रचाया हो। जो स्वयं अपनी उंगलियों पर सबको बांध कर कठपुतलियों की तरह नचा रहा हो, जिसने आने वाला कल देख रखा हो वो तो मुस्कुराएगा ही! उसे किसी अनिष्ट का, अनजान भविष्य का भय थोड़ी है।

तभी द्रौपदी को खोजते हुए पांचों पांडव भी वहां पहुंच गए।

कृष्ण को वहां देख कर सब हैरान थे। अर्जुन तो एक पल के लिए घबरा ही गये कि उनका यहां होना यानी द्रौपदी ज़रूर किसी मुसीबत में है।

समय साक्षी रहा है कि जब जब द्रौपदी को कोई कष्ट हुआ या वो किसी मुसीबत में पड़ी उसने कृष्ण को ही याद किया और उस छलिया ने अपनी सखी से कभी छल नहीं किया। वे हमेशा उसके उद्धार का माध्यम बने।

कृष्ण ने पांडवों को जांबु फल के टूटने और फिर ऋषि अमित्र की कथा सुनाई। सुन कर सभी के चेहरों पर डर और चिंता झलक आयी। तभी कृष्ण ने अपने प्रिय पांडव अर्जुन के कंधे पर हाथ रख कर उसे दिलासा दी।

"फ़िक्र ना करो पार्थ। दुनिया में पैदा हुई हर मुश्किल का हल कहीं न कहीं है और यकीन मानो यह द्रुपद कन्या तुम्हारे कष्ट का कारण नहीं बनेगी।"

अर्जुन मुस्कुरा दिए। कृष्ण की कही हर बात पर उनको पूरा भरोसा था।

उनकी बातों से बेख़बर भीम किसी सोच में पड़े थे कि अचानक बोल पड़े,"हम सब मिल कर ऋषि को खोज कर यह फल उन्हें सौंप देते हैं।"

"आप कैसी बातें कर रहे हैं भीम? ऋषि तो तपस्या में लीन होंगे। उन्हें खोज कर तपस्या में विघ्न डाल कर हम एक और पाप नहीं कर सकते।" कृष्ण ने उन्हें समझाया।

"आप लोग परेशान मत हों। इस समस्या का एक ही हल है और वह है इस फल को दोबारा शाख़ पर लटकाना।"

कृष्ण की बात सुन कर पांडवों के माथे पर बल पड़ गए। द्रौपदी भी सर पर हाथ रख कर वही पेड़ के नीचे हताश होकर बैठ गई।

कृष्ण की ओर देखते हुए नाराज़ स्वर में बोली,"हमारी जान पर बन आयी है और आपको हँसी-ठिठोली सूझ रही है? भला शाख़ से टूटा फूल, पत्ता या फल कभी वापस जुड़ सकता है? यह तो मृत्यु के फंदे से वापस खींच कर जीवन देने जैसा असंभव काम है कृष्ण।"

इतना कह कर द्रौपदी और सभी पांडव आशंका भरी नज़र से कृष्ण को देखने लगे।

पांचो पांडव, द्रौपदी और कृष्ण वन में जांबु फल के वृक्ष ने नीचे खड़े थे। वह अनमोल फल कृष्ण की हथेली पर रखा था। पूरा जंगल ख़ामोश था। चारों ओर चुप्पी छाई थी। मानो धरती, आकाश और हवाएं सांस रोक कर देख रहे हों कि अब क्या लिखा है द्रौपदी के भाग्य में! सभी ने पांचाली को अग्नि कुंड से जन्मते हुए देखा था। उन्होंने उसे अर्जुन से विवाह के बाद पांच भाइयों में बंटते हुए देखा था। वे द्रौपदी के अपमान के, उसके चीरहरण के साक्षी थे। वे द्रौपदी के आंसुओं के साक्षी थे।

सभी जैसे असहाय महसूस कर रहे थे। लेकिन नियति ने सबके हाथ बांध रखे थे।

युगों से ऐसा ही तो होता आया है कि हम मूक दर्शक बने स्त्रियों को अपमानित होते, उनको घुटते हुए और आंसू बहाते हुए देखते आए हैं।

सब इंतज़ार कर रहे थे कि उनके बीच पसरा ये मौन टूटे और कृष्ण ऋषि के गुस्से व श्राप से बचने का कोई उपाय बताएं।

आखिर कृष्ण ने अपना मौन तोड़ा और बोले, "इस फल को वापस पेड़ पर लगाने का एक ही तरीका है और वह ये कि तुम सबको बारी-बारी अपने भीतर छिपे भेद खोलने होंगे। कहना होगा वही जो तुम्हारे मन में है, खोलने होंगे मन के रहस्य। यानी सच कहना होगा। सच के सिवा कुछ नहीं।"

कृष्ण की बात सुन कर सबसे पहले युधिष्ठिर आगे आये।

वे आखिर धर्मराज थे। उन्हें तो हमेशा से सच बोलने की आदत थी। जिसने सारी उम्र झूठ न बोला हो वह आज इस मुश्किल की घड़ी में सच से कैसे पीछे हटते।

उन्होंने जांबु फल हाथ में लिया। ईश्वर का ध्यान किया और बोले,

"मैं चाहता हूं संसार में सच्चाई, ईमानदारी और धर्म का बोलबाला हो। असत्य, अधर्म और कपट-छल दुनिया से ग़ायब हो जाएं। मुझे लगता है कि हमारी इस मुश्किल के लिए पांचाली ज़िम्मेदार है।"

धर्मराज युधिष्ठिर के ऐसा कहते ही एक चमत्कार हुआ और उनकी हथेली पर रखा हुआ फल दो हाथ ऊपर चला गया।

पांडव और पांचाली हैरान रह गए।

अब भीम आकर फल के सामने खड़े हो गए थे और अपने मन का भेद खोलने के लिए गला साफ़ करने लगे। आख़िर क्या छिपा है भीम के मन में?

भीम ने एक नज़र जांबु फल पर डाली और बोले, "मैं चाहता हूं कि मैं इसी वक़्त दुर्योधन का वध कर डालूं। उस जैसे नीच इंसान को जो दूसरों की पत्नी को ग़लत नज़र से देखता है, उसे जीने का कोई अधिकार नहीं। मेरे मन में उसके लिए भयानक क्रोध भरा है। इतना क्रोध कि मुझे स्वप्न में भी उसी की कुटिल सूरत दिखती है।"

कहते-कहते भीम का चेहरा तमतमा गया। उनकी मुट्ठियां भिंच गईं और माथे पर बल पड़ गए।

फिर ख़ुद को थोड़ा संभाल कर उन्होंने कहा, "मैं मानता हूं कि हमारे जीवन में परीक्षाएं, पीड़ा और क्लेश इसलिए अधिक हैं क्योंकि हम जंगल में घूम रहे हैं। वनवास भोग रहे हैं।"

भीम के इतना कहते ही जांबु फल दो हाथ और ऊपर उठ गया। सबकी निगाहें एक बार फिर द्रौपदी पर टिक गईं जो अपनी करनी पर शर्मिंदा होकर वहीं चुपचाप बैठी थी।

पता नहीं उसे यूं अपनों की अदालत में कटघरे में खड़े होकर नए नए आक्षेपों को सहन करना कैसा लग रहा होगा। काश कोई द्रौपदी के पक्ष में गवाही दे देता। कहता कि वह एक वीरांगना है। सच्ची और सहनशील स्त्री है। काश कि कोई बिना शर्त उसका पक्ष लेता और वह जांबु फल सीधा वृक्ष की सबसे ऊंची टहनी पर जाकर लटक जाता। काश...

तभी अर्जुन आगे आये। यानी अब बारी अर्जुन के मन के भेद खोलने की थी।

उसने एक दृष्टि उस फल पर डाली और दूसरी द्रौपदी पर। उसके चेहरे पर अपनी प्रिय पत्नी के लिए कुछ कोमल से भाव उभर आये।

वे बोले, "प्रतिष्ठा और प्रसिद्धि मेरे जीवन में बहुत ख़ास जगह रखते हैं और ये दोनों मैंने कर्ण की वजह से खोये हैं। इसलिए मैं जब तक कर्ण का वध ना कर लूं मुझे चैन नहीं मिलेगा।"

जांबु फल दो हाथ और ऊपर उठ गया।

तीनों कुंती पुत्रों के बाद अब बारी थी माद्री के बेटों—नकुल और सहदेव की।

नकुल आगे आये और बोले,"किसी बड़े कुल में जन्म लेने भर से, धनवान और रूपवान होने से मनुष्य सुखी नहीं होता। बल्कि उसको संतुष्टि मिलती हैं जब वह ख़ुद के बनाए रास्ते पर चल कर लक्ष्य पाता है।"

देखते ही देखते जांबु फल दो हाथ और ऊपर उठ गया।

नकुल ने बाद पांचो भाइयों में सबसे छोटे सहदेव आगे आये। कृष्ण अपने चहेते छोटे भाई की ओर देख स्नेह से मुस्कुराए।

नकुल बोले, "सत्य मेरी माता है और बुद्धि मेरे पिता और सत्कर्म मेरे बंधु-बांधव हैं। मेरे मन में जो सबके लिए प्रेम है वह मेरा मित्र है। मेरा शांत मन मेरी सहभागिनी अर्थात पत्नी है और संसार से बैर, हिंसा, बदला हटाने का मेरा भाव मेरे पुत्र के सामान हैं।"

मैं मानता हूं कि ये है मेरा असली परिवार।

नकुल का इतना कहना था कि फल दो हाथ और ऊपर उठ गया।

अब बारी थी द्रौपदी की।

द्रौपदी का मन कांप रहा था। उनके पांचो पति और कृष्ण एकटक उसकी ओर देख रहे थे।

कितना कुछ चल रहा था उसके मन में। वह जानती थी कि उसके मन

का भेद सच्चाई से खोलने पर यह जांबु फल वृक्ष पर वापस जा लगेगा, लेकिन क्या यह इतना आसान था उसके लिए?

दुनिया में सच बोलने से अधिक साहस का काम भला कोई और हुआ है?

द्रौपदी समझ रही थी कि अगर उसने सच न बोला तो यह फल वहीं हवा में लटका रह जाएगा और ऋषि अमित्र के ग़ुस्से का शिकार उन सभी को होना पड़ेगा। मगर यदि उसने सच बोला तो?

सदियों से स्त्रियों को ऐसी कठिन अग्नि परीक्षाओं से गुज़ारना पड़ा है। मगर द्रौपदी के सामने दूसरा कोई रास्ता था भी नहीं!

कृष्ण एकटक द्रौपदी को देख रहे थे। वे तो पढ़ सकते थे उसका मन। जानते थे उसके सारे रहस्य। द्रौपदी ने आहिस्ता से अपने कदम बढ़ाए और वृक्ष के पास आ गई। पांडव सांस रोक कर खड़े थे।

द्रौपदी बोलीं, “मेरे पांच पति हैं मेरी पांच इंद्रियों की तरह। मुझे उनसे एक सामान प्रेम है और मैं क्षमा चाहती हूं कि मैं कई बार उन सबके लिए दुःख का कारण बनी हूं। अच्छे वंश की होकर भी, अच्छी शिक्षा प्राप्त करने के बाद भी मैं हमेशा आवेश में बिना सोचे समझे अपने कदम बढ़ाती आयी हूं। मैं सभी से क्षमा चाहती हूं।”

पूरे जंगल में सन्नाटा था। सब कुछ शांत और स्थिर और वैसा ही स्थिर रहा जांबु फल। लटका रहा वहीं का वहीं।

द्रौपदी ने घबरा कर कृष्ण को देखा। कृष्ण फिर मुस्कुराए और बोले, “सच कहो कृष्णा। केवल सच। खोल दो अपने मन के भेद।”

द्रौपदी ने आंखें बंद कर लीं। जैसे उनके सामने और कोई दूसरा न हो। शायद इस तरह आसान था सच कहना। वे बोलीं, “कृष्ण आप तो जानते हैं मेरे मन ने ख़ुद का पांच हिस्सों में बंटना कभी नहीं स्वीकारा। इन पांचों के बीच बंटते हुए मैं न जाने कितनी बार अग्निपरीक्षा से गुज़री हूं।

मुझे इस बात का दुःख रहा कि काश स्वयंवर में मुझे कर्ण ने जीता होता। पांचों पांडवों में जो गुण थे वे सभी एक साथ कर्ण में थे। वे सबसे श्रेष्ठ थे।”

द्रौपदी का गला रुंध आया। वे कहने लगीं, "मैंने शिव से तपस्या कर्ण जैसे पति को पाने के लिए की थी। मगर शिव का वरदान मेरे लिए श्राप की तरह साबित हुआ। मुझे हर एक गुण के साथ एक अलग पति मिला और जिसके लिए समाज मुझ पर उंगलियां उठाता रहा। जबकि मैं बेक़सूर थी।"

द्रौपदी के मन के भीतर छिपे इस भेद के खुलते ही जांबु फल उठा और सीधा जाकर वृक्ष की सबसे ऊंची डाल पर टंग गया।

पांचाली का उदास चेहरा देख कर पांडवों की आंखें भीग गईं। आज उन्होंने पहली बार अपनी पत्नी के भीतर छिपी औरत का दर्द महसूस किया।

फल के शाख़ पर लटकते ही वृक्ष में बैठे सैकड़ों पंछी चहचहाते हुए आकाश पर छा गए। कुछ ही पलों में पूरा जंगल फिर शांत हो गया। और सभी के मन भी।

देवर्षि नारद

हिमालय पर्वत श्रृंखला पूरी तरह बर्फ से ढंकी हुई थी। ठंडी हवा चल रही थी। ऐसी ठंड कि इंसान का खून भी जम जाए। बर्फ़ के कतरे हवाओं में रुई की तरह बिखरे हुए थे। मौसम अपने क्रूरतम रूप में था।

प्रकृति ने ख़ुद को बचाये रखने के सारे उपाय कर लिए। पेड़ों ने पत्ते तज दिए,जानवर गुफाओं में जा छिपे,कीड़े मकोड़े भी अपने-अपने बिलों में घुस गए।

मगर इन सब के विपरीत बर्फीली पगडंडियों में नारायण का गुणगान करते हुए कोई बावला सा इंसान चला जा रहा था। सुंदर सौम्य चेहरा, बालों को सर के ऊपर बांध कर उस पर रुद्राक्ष की माला लपेट रखी थी। हाथ में वीणा और मुंह में नारायण का नाम। यह देवर्षि नारद थे।

मगर उन्हें हुआ क्या था जो यहां ठिठुरते पर्वतों के बीच भटक रहे थे! चारों ओर बहती शीत लहर और ऐसे भयावाह मौसम में ऊंचे सफ़ेद पर्वतों के बीच दो ही चीज़ें डोल रही थीं। एक तो गंगा जी की लहरें और दूसरे नारद मुनि।

अपनी धुन में मगन वह नाचते गाते चले जा रहे थे कि सामने एक गुफ़ा को देख कर ठिठक गए। संकरे मुंह वाली उस गुफा के एकदम क़रीब से गंगा जी बह रही थी। लहरों का कलकल एक अजीब सा संगीत पैदा कर रहा था। देवदार के ऊंचे-ऊंचे वृक्ष झक्क सफ़ेद दिखाई दे रहे थे। दूर-दूर तक हरेपन का यानी जीवन का नामों निशान तक नहीं था, मगर नारद मुनि तो उस जगह को देख कर मुग्ध हो गए।

"अहा! कितनी सुंदर गुफा है।" वे बुदबुदाये।

अपने बच्चों के लिए दाना खोजने को मजबूरी में निकले एक हिमालयी उल्लू ने मुनि को आंखें फाड़ कर हैरान होकर देखा। कुछ गुटूरगूं की और फड़फड़ाते हुए अपनी कोटर में जा छिपा।

लेकिन देवर्षि मौसम की मार से डरने वाले थोड़ी न थे। उन्होंने तो हड्डियां कंपाने वाले पानी में डुबकी लगाई, पत्तों का आसन बनाया और बैठ कर ध्यान लगाने लगे।

नारद मुनि लक्ष्मीपति विष्णु के इतने बड़े भक्त थे कि उनकी साधना और ध्यान करने के लिए वे न अवसर देखते न दिन रात। ऐसे ही कई कठिन जप तप करके ही तो उन्होंने ब्रह्मर्षि का पद प्राप्त किया था।

पर ऐसे सिद्ध पुरुष भी कभी बच्चों की तरह मचल जायें तो?

देवर्षि नारद तपस्या में लीन हो गए थे। सर्दी बढ़ती जा रही थी। पास बहती गंगा जी का पानी भी जमकर पत्थर हो गया। पत्तों से टपकती ओस की बूंदें वहीं की वहीं लटक कर रह गईं। मानो पेड़ों ने मोतियों के हार पहन रखे हों। ऐसा लग रहा था जैसे हिमयुग लौट आया। पर मुनि नारद तो न जाने कौन सी मिट्टी के बने थे। उन्होंने तो मौसम को एक ठेंगा दिखाया और ध्यानमग्न हो गए।

उनके चेहरे पर ग़ज़ब का संतोष था और होठों पर एक हल्की मुस्कराहट फ़ैली थी। वे हरि स्मरण जो कर रहे थे।

इधर नारद तपस्या कर रहे थे उधर चारों दिशाओं में नारायण नारायण की स्वरलहरियां हवाओं में तैर रही थीं। कैलाश पर्वत पर विराजे शिव-पार्वती भी उनकी ये घोर तपस्या देख रहे थे।

शिव जी के चेहरे पर छाई एक शरारत भरी मुस्कराहट देख कर पार्वती जी को कौतुहल हुआ, "क्या हुआ भगवन्, आपके मुस्कुराने की कोई ख़ास वजह जान पड़ती है, कहिये न?" पार्वती जी चिरौरी करने लगीं। वे ये तो जानती थीं कि नारद मुनि ब्रह्मा जी के सात मानस पुत्रों में एक थे। बहुत बड़े विद्वान् थे और ध्यान मग्न थे। मगर इसमें ऐसा क्या था जो शिव मुस्कुरा उठे! वो भी ऐसे अर्थभरी मुस्कान।

शिव जी कुछ देर वैसे ही मुस्कुराते रहे फिर बोले, "देखते जाइए पार्वती! आप मुनि की तपस्या भी देखिये फिर उसका परिणाम भी!"

यहां हिमालय पर्वत पर शिवजी पहेलियां बुझा कर मुस्कुरा रहे थे और वहां देवलोक में देवराज इंद्र के माथे पर बल पड़ रहे थे। नारद मुनि की घनघोर तपस्या देख उनको अपने पैरों तले ज़मीन खिसकती महसूस हो रही थी। उन्हें लगा कि यदि नारद ने विष्णु भगवान को प्रसन्न कर लिया तो पक्का ये उनसे इंद्रलोक का सिंहासन मांग लेंगे। "हे प्रभु, मैं तो बेघर हो जाऊंगा!" इंद्र घबराते हुए बोले।

इंद्र अपने सलाहकारों को बुला कर मशवरा करने लगे और आखिर सबने मिलकर एक रास्ता निकाल ही लिया कि किसी तरह नारद मुनि की तपस्या भंग कर दी जाए तो न रहेगा बांस, न बजेगी बांसुरी।

इंद्रलोक में नारद के तप भंग की तैयारियां चलने लगीं। इंद्र के पास सबसे बड़ा हथियार थे कामदेव।

यानी प्रेम के देवता।

इंद्र ने कामदेव को नारद मुनि की तपस्या के बारे में बताया और उनके ध्यान में विघ्न डालने के लिए उन्हें भूलोक में भेज दिया।

कामदेव का शरीर प्रकृति के हरे रंग जैसा था और हरा तोता उनकी सवारी।

मधुमक्खियों से बनी प्रत्यंचा और मीठे गन्ने से बने अनोखे बाण को कंधे में लटका कर कामदेव हिमालय की ओर उड़ चले। वहां पहुंचकर देखा तो नारद मुनि का आधा शरीर बर्फ़ से ढंक चुका था। उन्हें पहचानना मुश्किल था। वे गहरी तपस्या में लीन थे।

कामदेव इंद्र के भीतर की असुरक्षा का कारण अच्छी तरह समझ गए। उन्होंने अपने बाण में तीर चढ़ाया। वह तीर जो पांच सुगंधित फूलों से बना था-अशोक, सफ़ेद और नीला कमल, मल्लिका और आम की मंजरियां। कामदेव के तीर चलाते ही हिमालय की बर्फ पिघलने लगी। जगह-जगह पानी के सुंदर सोते बन गए। गंगा की लहरों ने कलकल का संगीत छेड़

दिया। पूरी वादी रंगबिरंगे फूलों से ढंक गई। हवाओं में केतकी और गुलबकावली की भीनी-भीनी खुशबू तैरने लगी। भौरों का गुंजन कानों में रस घोलने लगा। कामदेव के साथ देवलोक से आईं अप्सराएं रंभा और मेनका मनमोहक नृत्य करने लगीं।

चारों ओर सौंदर्य बिखरा पड़ा था। ऐसा लग रहा था जैसे धरती पर स्वर्ग उतर आया हो।

किसी भी पुरुष को रिझाने के लिए ये सारे प्रयास काफी थे। मगर नारद मुनि कोई आम पुरुष नहीं थे। वे वैसे ही समाधि लगाये तपस्या में लीन रहे। उनका मन अब भी वसंत के नहीं नारायण के गुण गा रहा था।

अपने तीर का वार ख़ाली जाता देख कामदेव सकते में आ गए। उन्हें नारद मुनि और उनकी दृढ़ इच्छाशक्ति का अंदाज़ा नहीं था। वे तो उन्हें लोक-परलोक में घूम-घूम कर यहां की बात वहां करने वाले एक सतही इंसान समझते थे।

कामदेव को अब नारद मुनि से डर लगने लगा। वे तप की शक्ति से अच्छी तरह परिचित थे।

उन्हें लगा कि यदि अभी मुनिवर को ग़ुस्सा आ गया तो वे विष्णु जी से कह कर उन्हें कोई घोर दंड दिलवा देंगे। उन्हें अफ़सोस हुआ कि वे क्यों इंद्र की बातों में आकर यहां चले आये। वे नारद मुनि के चरणों में गिर कर माफ़ी मांगने लगे!

नारद मुनि ने आंखें खोलीं और मुस्कुरा दिए। उन्होंने कामदेव के सर पर हाथ रखा और उन्हें क्षमा कर दिया।

कामदेव नारद मुनि की तपस्या भंग करने में असफ़ल होकर वापस देवलोक लौट गए।

नारद मुनि भी अपने नारायण के ध्यान से बाहर आ गए और चारों ओर नज़र दौड़ाने लगे।

झरझर बहते झरने, एकदम साफ़ नीला सपाट आसमान, रंगबिरंगे फूलों के बोझ से झुकी जा रही डालियां और हवा में नाचती लम्बी हरी घास।

गहरी सांस भरते हुए देवर्षि बुदबुदाए, "वाह! कैसा प्यारा बसंत छाया है! कहीं पास से आती पपीहे की पीहू पीहू सुनकर वे मुस्कुराए।"

फिर अचानक उन्हें जैसे कुछ याद आया, "जब मैं तपस्या में लीन हुआ तब तो चारों ओर बर्फ़ की सफ़ेद चादर थी। जीवन कैसा थमा हुआ सा था! फिर अचानक मौसम में ये परिवर्तन!"

तभी उनका माथा ठनका कि ये मौसम पृथ्वी के चक्र से नहीं बदला, बल्कि यह कामदेव की कारस्तानी थी। "अच्छा तभी वो मेरे चरणों में दंडवत पड़ा था? पछता रहा होगा अपनी करनी पर!"

देवर्षि को अचानक एहसास हुआ कि उन्होंने कामदेव को जीत लिया है।

"जिनके तीर चलाने भर से बड़े बड़े ऋषियों और देवों की तपस्या पल भर में भंग हो जाती थी, उस कामदेव को मैंने जीत लिया?" कहते हुए नारद मुनि ज़ोर से हँस पड़े।

गर्व से उनका सीना हिमालय के जैसा चौड़ा हो गया। उनकी आंखें आत्म-मुग्धता से फट गईं।

देवर्षि नारद ने आसमान की ओर सर उठाया और अपनी बांहें फैला दीं और जोर से चिल्लाये, "कामदेव मैंने तुम्हें हर लिया। तुम्हारे फूलों के बाण मुझे मेरे प्रभु के ध्यान से नहीं डिगा सके।"

और पूरी वादी उनके अट्टहास से गूंज उठी।

अनायास ही देवर्षि के कोमल मन में अहंकार का भाव, एक खलनायक बन कर बैठ गया।

कैलाश पर बैठे शिव तो शुरू से सारा खेल देख रहे थे। नारद मुनि की हँसी सुन वो भी मुस्कुरा दिए और अपने पास बैठीं पार्वती जी से बोले, "चलो देवी एक फ़र्ज़ निभाने चलें!"

"कैसा फ़र्ज़ भगवन?" पार्वती जी ने पूछा।

"नारद को समझाना होगा कि अहंकार न करें। इसमें कोई शक नहीं कि उनके तप में बल है क्योंकि कि उन्होंने कामदेव को जीत लिया है। अपनी उपलब्धियों पर प्रसन्न होना तो उचित है लेकिन इतना अहंकार?"

अगर इन्हें रोका नहीं गया तो इनका अनिष्ट होकर रहेगा और देवर्षि नारद के साथ कुछ ग़लत हो ऐसा न मैं चाहता हूं न महाविष्णु चाहेंगे।" कहते हुए शिवजी पार्वतीजी का हाथ थामे गुफ़ा से निकलने लगे।

अभी शिव-पार्वती बात कर ही रहे थे कि नारद मुनि ख़ुद वहां पहुंच गए। शिवजी ने सब कुछ जानते हुए भी अनजान बनते हुए उनका वहां आने का प्रयोजन पूछा।

नारद तो जैसे अवसर की प्रतीक्षा में बैठे थे। उन्होंने एक सांस में अपनी कठिन तपस्या और कामदेव पर विजय का वृत्तांत सुना दिया। वे ऐसे डींग हांक रहे थे जैसे पांचवी कक्षा के बच्चे हों और उन्होंने तेरह और उन्नीस का पहाड़ा रट लिया हो। मगर शिवजी ने एक अच्छे गुरुजी की तरह खुश होकर उनकी पीठ नहीं ठोंकी। बस इतना ही बोले, "यह बात आप विष्णु जी को मत बताइयेगा।"

नारद उनकी बात सुन कर हैरान थे कि शिव मना क्यों कर रहे हैं! कहीं मुझसे ईर्ष्या तो नहीं हो रही इन्हें! क्योंकि नारद तो अपना यशगान विष्णु जी के सामने ही नहीं बल्कि पूरे ब्रह्मांड में करना चाहते थे।

इस तरह ये एक ही दिन में नारद की दूसरी परीक्षा थी। पहली तो वे कामदेव को हरा कर अव्वल नंबरों से पास हो गए थे, मगर इस दूसरे इम्तहान में वो पक्का फेल होने जा रहे थे।

शिव की बात को अनसुना कर नारद कैलाश पर्वत से उतर कर सीधे क्षीरसागर पहुंच गए, जहां शेषनाग पर विराजे विष्णु और लक्ष्मीजी लोक-परलोक की सुध ले रहे थे। अपनी वीणा की सुरीली तान के साथ नारायण-नारायण का जाप करते हुए नारद मुनि ने अपने इष्ट के चरणस्पर्श किये और हाथ जोड़े खड़े हो गए। विष्णु जी उनके चेहरे पर चढ़ते-उतरते भावों को पढ़ने की कोशिश करने लगे। तभी नारद मुनि के सब्र का बांध टूट गया और उन्होंने अपने तप से लेकर कामदेव को जीतने का पूरा किस्सा विष्णु जी को सुना दिया।

नारद बोले, "प्रभु आप सोच भी नहीं सकते कि वह कैसी कड़ी तपस्या थी और मेरे ध्यान को भंग करने में कामदेव ने अपना पूरा शास्त्र खर्च कर

डाला था भगवन। मगर मेरे हृदय से आपका ध्यान पल भर को नहीं डिगा। अपने इस श्रेष्ठतम भक्त को आशीर्वाद दीजिये प्रभु।" कहते हुए नारद मुनि ने अपना सर झुका लिया।

विष्णु जी उनके ऊपर से टपकते हुए अहंकार को देख रहे थे। नारद उनके सर्वप्रिय भक्त थे इसलिए उनके इस बचकाने व्यवहार पर उन्हें बड़ा दुःख हुआ। विष्णु जी ने उस वक़्त तो नारदमुनि से कुछ नहीं कहा, लेकिन मन ही मन उनका अहंकार तोड़ने की योजना बना ली।

नारद गर्व से सीना फुलाए, सिर को ऊंचा तान कर भ्रमण पर निकल पड़े। उनके मन में स्वयं के श्रेष्ठ होने का भाव बढ़ता जा रहा था। वे मदमस्त हाथी की तरह डोलते हुए चले जा रहे थे कि उन्हें एक सुंदर सा नगर दिखाई पड़ा, जहां महल और दीवारें स्वर्ण की बनी थीं। सुंदर-सजीले वस्त्रों में सजे-धजे लोग राजमहल की ओर दौड़े जा रहे थे।

यह सब एक साथ महल की ओर? वहां ऐसा कौन सा प्रसाद बंट रहा है? नारद को कौतुहल हुआ और वे ख़ुद भी राजमहल की ओर चल पड़े।

नारायण की तान छेड़ते हुए नारद मुनि राजमहल पहुंचे तो उन्हें पता चला कि नगर के राजा शीलनिधि की एक बहुत ही रूपवती कन्या है विश्वमोहिनी। आज उनका स्वयंवर है और यह सारी ताम-झाम और भाग-दौड़ उसी की है।

नारद मुनि को देख राजा ने उन्हें सत्कार से बैठाया और अपनी कन्या को बुलाया ताकि मुनि उन्हें अपना आशीर्वाद दे सकें।

मगर यह क्या? नारद मुनि ने जैसे ही विश्वमोहिनी को देखा उनका वैराग्य डोल गया। ऐसी सुंदर नारी उन्होंने अपने जीवन में देखी नहीं थी। अभी कुछ देर पहले कामदेव पर विजय पाने वाले देवर्षि का मन चंचल हो उठा। उनका जी किया कि अपने गेरुआ वस्त्र फेंक कर राजसी पोशाक पहन लें, ताकि विश्वमोहिनी उन पर मोहित हो जाए और उनका जीवन सफ़ल हो जाए। अपना पूरा जीवन हरिनारायण को समर्पित करने वाले

देवर्षि नारद आज किसी भी हाल में सामने खड़ी उस सुंदर युवती को अपना बनाना चाहते थे।

स्वयंवर का समय निकट आ रहा था। तैयारियां ज़ोरों पर थीं। नारद को शंका हुई कि इतने सुंदर राजकुमारों के होते हुए राजकुमारी मुझ जैसे साधारण तपस्वी के गले में वरमाला क्यों डालेंगी?

वे अपनी बुद्धि चलाने लगे और उन्हें एक युक्ति सूझ ही गई। वे आंख बंद कर हरि स्मरण करने लगे।

महाविष्णु साक्षात उनके सामने खड़े थे। आव देखा न ताव नारद जी ने उनसे वर मांग लिया कि प्रभु मुझे भी अपने जैसा सुंदर बना दीजिये। मेरा मुख 'हरि' जैसा कर दें। जिससे मेरा भला हो जाए।

विष्णु जी मुस्कुराए, बोले, "ज़रूर नारद,तुम्हारा मुख 'हरि' जैसा हो! इसी में तुम्हारा भला है।"

अब तो नारद मुनि को पक्का यकीन हो गया कि विश्वमोहिनी उन्हें ही चुनेंगी। वे गर्व से सीना ताने सभागृह में बैठ गए।

जैसे ही विश्वमोहिनी उनके सामने आईं नारद मुनि ने अपनी गर्दन आगे कर दी और आंख मूंदें गले में वरमाल पड़ने की प्रतीक्षा करने लगे। तभी उन्हें लोगों के फुसफुसाने और हँसने की आवाज़ सुनाई पड़ी। उन्होंने झट से आंखें खोल दीं। लोग उन्हें देख कर ही हँस रहे थे।

नारद मुनि को कुछ शक हुआ तो वे झट से पास ही बने पोखर के पानी में अपनी सूरत देखने के लिए उठे, "हे प्रभु! हरि मुख!" हाँ, विष्णुजी ने उन्हें हरि यानी वानर के जैसा मुख दे दिया था।

दुःख और क्रोध से नारद का चेहरा लाल हो गया। उन्होंने शर्म से अपनी आंखें मूंद लीं।

तभी विष्णुजी का कोमल स्वर उनके कानों में पड़ा, "आंखें खोलिए देवर्षि।"

नारद मुनि ने आंखें खोलीं तो वहां न नगर था, न सभागृह, न वो सुन्दरी। सामने विष्णुजी और लक्ष्मीजी खड़े थे। उन्होंने नारद को गले

लगाते हुए कहा, "देवर्षि आप मेरे सर्वप्रिय भक्त है। लोक-कल्याण का महत्वपूर्ण काम आपके जिम्मे है। आपको भटकता हुआ मैं कैसे देख सकता था? आप तो लोगों को सही मार्ग दिखाने वाले हैं।"

नारद चुप थे। उनका अहंकार उनकी आंखों से बह रहा था।

पल भर बाद ही आकाश में उनकी वीणा और नारायण के स्वर फिर गूंज रहे थे –

नारायण... नारायण।

ययाति

पूरे नगर में सन्नाटा छाया हुआ था और महल में वीरानी।

इक्ष्वाकु वंश के शक्तिशाली राजा नहुष के पुत्र महान चक्रवर्ती राजा ययाति अपने कक्ष में सिर झुकाए हताश बैठे हुए थे।

ययाति पांडवों के पूर्वज और द्वापर युग के बड़े शक्तिशाली राजा थे।

राजा ययाति के आस-पास अंधेरा पसर गया था। उनकी पत्नी शर्मिष्ठा ने आकर उनके करीब एक दीपक जला कर रख दिया। कमरा दूधिया रोशनी से भर गया। राजा ने चेहरा ऊपर किया और बोझिल पलकों को उठाया तो सामने दीवार पर लगे बड़े आदमकद आईने पर उनकी नज़र पड़ गई, जिसमें उनका अक्स साफ़ नज़र आ रहा था।

नहीं... चिल्लाते हुए राजा ने दीपक उठा कर आईने पर दे मारा। छन्न की आवाज़ के साथ कांच के टुकड़े ज़मीन पर बिखर गए और साथ ही बिखर गया उनका अक्स।

राजा को लगा जैसे वे सारी किरचें उन्हें लहुलुहान कर रही हैं। उनके माथे पर पसीने की बूंदें चमक गईं।

ययाति कोई युद्ध हार कर नहीं आये थे, बल्कि उन्हें ज़िन्दगी ने मात दे डाली थी। आज उनकी सबसे प्रिय चीज़ खो गई थी। जिसके बिना जी पाना उन्हें असंभव लग रहा था।

राजा ययाति का यौवन, उनकी सुंदरता, उनका पुरुषत्व, उनकी शक्ति खो गई थी।

झुर्रियों से ढंका उदास चेहरा, अधपके बिखरे बाल और ज़रा सी झुकी कमर। ये क्या हो गया था राजा ययाति को?

शर्मिष्ठा ने अपना हाथ राजा के कांधे पर रख दिया। ययाति फफ़क कर रो पड़े। पूरे विश्व को जीत लेने वाला चक्रवर्ती सम्राट अपनी इच्छाओं के आगे हार गया था।

शर्मिष्ठा की आंखें भी भीगने लगीं। अपने पति की ये हालत उनसे भी कहां देखी जा रही थी। अभी कल तक तो इसी चेहरे पर सूर्य जैसा तेज था। बाल का हर एक रेशा एकदम काला और चमकदार, सीना तना हुआ। तो आज यह अचानक बुढ़ापा कहां से आ गया। रानी समझ नहीं पा रही थीं कि अपने पराक्रम से ज़्यादा अपने यौवन पर गर्व करने वाले राजा के साथ भाग्य ने ये कैसा क्रूर मज़ाक किया था? और क्यों?

वे परेशान थीं कि एक रात में आख़िर कितने बरस जी गए थे राजा?

कल ही तो वे महारानी देवयानी के साथ उनके पिता यानी गुरु शुक्राचार्य के आश्रम गए थे। वहां आख़िर क्या हुआ होगा कि राजा इस रूप में आ गए?

शर्मिष्ठा राजा ययाति के करीब बैठ गई।

शर्मिष्ठा राजा ययाति के दूसरी पत्नी थीं। जिनके प्रेम में पड़ कर राजा ने चुपके से विवाह कर लिया था। अपनी महारानी देवयानी को बिना बताये।

शर्मिष्ठा ने डरते डरते राजा का हाथ थाम लिया और पूछा, "बताइए न महाराज। ये अनर्थ कैसे हुआ? कल तो आप महारानी देवयानी के पिता के घर गए थे!वहां कुछ हुआ क्या? कहिये न! मेरा मन बैठा जा रहा है।"

राजा ने गहरी सांस भरी और बोले, "कल उपवन में देवयानी ने तुम्हें और बच्चों को देख कर जान लिया कि उनका पिता मैं ही हूं और इस बात से नाराज़ होकर वे सीधे गुरु शुक्राचार्य के पास चली गईं।

मैं भी उनके पीछे पीछे गया। उन्हें मनाता रहा। समझाता रहा। मगर कोई लाभ नहीं हुआ।

शुक्राचार्य अपनी बेटी का दुःख देख कर अपना आपा खो बैठे और क्रोधित होकर उन्होंने मुझे श्राप दे दिया।

कहते कहते ययाति कांप गए। उनके कानों में गुरु शुक्राचार्य की तेज़ आवाज़ गूंज गई,"ययाति तुमने अपने भोग विलास के लिए मेरी बेटी का दिल दुखाया है। उसका अपमान किया है। तुमने उसके जैसी पत्नी के होते हुए किसी और स्त्री को अपनाया। मैं तुम्हें श्राप देता हूं, "दुरात्मने! तुम्हारी अवस्था जराजीर्ण वृद्ध जैसी हो जाये। तुम बिल्कुल शिथिल, शक्तिहीन हो जाओ।"

ययाति की बात सुन कर शर्मिष्ठा का कलेजा कांप गया।

वे प्रलाप करते हुए बोलीं, "हे ईश्वर। इतनी बड़ी सज़ा! गुरु शुक्राचार्य इतने कठोर कैसे हो सकते हैं? अपने दामाद को ही श्राप दे डाला! और देवयानी! उनका क्या! वे कैसे मौन रहीं? पत्नी होकर इतनी निष्ठुरता!"

ययाति का मन भारी हुआ जा रहा था।

वे जानते थे कि देवयानी तो क्या उनके बेटे भी उनसे इतना नाराज़ हैं कि अगर शुक्राचार्य इससे भी बड़ा श्राप दे देते तब भी उनके दिल नहीं पसीजते।

उन्होंने एक पत्नी के मन को चोट पहुंचाई थी। अपने बच्चों के विश्वास को तोड़ा था।

शर्मिष्ठा चुपचाप ययाति के चेहरे के हाव भाव पढ़ती रहीं। दुःख और पश्ताचाप के काले बादल ययाति के चेहरे को और भी दयनीय बना रहे थे।

उन्होंने राजा का सिर अपने सीने में भींच लिया और बोलीं, "महाराज मैं अभी गुरु शुक्राचार्य के पास जाउंगी और उनसे न्याय की भीख मांगूंगी। जिस गलती की सज़ा आप भोग रहे हैं उनमें मैं भी तो हिस्सेदार हूं। इस श्राप से मुक्त होने की कोई न कोई राह ज़रूर होगी और गुरु शुक्राचार्य को मुझे वह राह दिखानी ही होगी।"

वह सारी रात ययाति ने आंखों में ही गुज़ार दी। बुढापे का ख़ौफ़ पलकों पर तैरता रहा।

शर्मिष्ठा को भी एक पल के लिए भी नींद नहीं आयी। वे राजा ययाति के स्वभाव को बहुत अच्छी तरह जानती थीं। उन्हें पता था कि राजा भले ही चक्रवर्ती सम्राट हों, उनके भीतर भोग-विलास का लालच कूट कूट कर भरा है। यह असमय आया बुढ़ापा उन्हें तोड़ कर रख देगा।

अगली सुबह चिड़ियों के चहचहाने के पहले ही दोनों गुरु शुक्राचार्य के आश्रम की ओर चल पड़े।

सुबह के सन्नाटे में बस दोनों के दिलों के धड़कने की आवाज़ आ रही थी। मन में बुरे बुरे विचार आ रहे थे। डर लग रहा था कि शुक्राचार्य ने श्राप वापस न लिया तो? कहीं वो और भी ज़्यादा नाराज़ हो गए तब क्या होगा?

लेकिन उन तक जाए बिना भी तो काम नहीं बनने वाला था।

शुक्राचार्य असुरों के गुरु थे। उन्होंने शिवजी को प्रसन्न करके मृत संजीवनी विद्या प्राप्त की थी।

शर्मिष्ठा सोचने लगीं कि जो इंसान अपनी शक्ति से मुर्दे में जान डाल सकता हो, वह क्या किसी का यौवन वापस नहीं दिला सकता?

लेकिन यहां प्रश्न सामर्थ्य का नहीं था। इच्छा का था। क्या श्राप देने वाला ही उस श्राप से मुक्त करने को राज़ी होगा!

दिन ढलते ढलते ययाति और शर्मिष्ठा शुक्राचार्य के आश्रम पहुंच गए। चारों ओर शांति थीं। शुक्राचार्य संध्या पूजा में लीन थे। दोनों चुपचाप उनके करीब जाकर अपराधी की तरह खड़े हो गए।

पूजा ख़त्म होते ही शर्मिष्ठा ने अपना सर ऋषि के कदमों में झुका दिया। वे कुछ बोल नहीं पा रही थी और आवश्यकता भी क्या थी!

शुक्राचार्य उनके आने का प्रयोजन अच्छी तरह जानते थे। उनका ग़ुस्सा अब शांत हो चुका था। सच तो यह था कि ययाति को इतना बड़ा श्राप देने के बाद वे खुद भी पछता रहे थे। ययाति उनकी बेटी के पति थे। उसका सुख भी उन्हीं से जुड़ा था। लेकिन कमान से निकला तीर लौटाया तो नहीं जा सकता, वैसे ही अपना दिया श्राप भी वो कैसे वापस लेते!

उन्होंने दोनों के हाथ में प्रसाद में चढ़ाया नारियल रख दिया और सोच में डूब गए।

थोड़ी देर बाद वे ययाति के करीब गए और बोले, "तुम्हारा यौवन तुम्हें वापस मिल सकता है। मगर तभी जब तुम्हारा कोई पुत्र तुम्हारा बुढ़ापा लेकर बदले में अपना यौवन तुम्हें सौंप दें।"

असुराचार्य की बात सुनकर ययाति और शर्मिष्ठा दंग रह गए। ये कैसी शर्त थी! बेटे से यौवन मांगना! यह उनकी समस्या का समाधान तो नहीं था।

भारी मन लिए ययाति और शर्मिष्ठा राजमहल लौटने लगे।

रास्ते में जंगल में एक पोखर देख कर वे बीते दिनों को याद करने लगीं। बरसों पहले की बात थी। ऐसा ही तो पोखर था जहां वे और देवयानी स्नान कर रहे थे।

शर्मिष्ठा दानव राज वृषपर्व की बेटी थीं और उसी राज्य के कुलगुरु शुक्राचार्य की बेटी थीं देवयानी। दोनों सहेलियां कमल से भरे उस पोखर के सुगंधित पानी में खेल रही थीं। नहा कर बाहर निकलते समय शर्मिष्ठा ने गलती से देवयानी की साड़ी पहन ली। बात ज़रा सी थी लेकिन देवयानी का पारा सातवें आसमान में पहुंच गया था। ग़ुस्से में आकर वे शर्मिष्ठा को खूब बुरा भला कहने लगीं।

"तुम असुर राजा की बेटी हो तो क्या हुआ। मैं शुक्राचार्य की पुत्री हूं। मेरे पिता के आशीर्वाद और सलाह मशविरे से ही तुम्हारे पिता का शासन चलता है।"

देवयानी की बात शर्मिष्ठा से सहन नहीं हुई। भले उसके पिता आचार्य शुक्राचार्य के बिना राजकाज नहीं चला सकते थे, लेकिन फिर भी राजा तो वही थे और शर्मिष्ठा राजकुमारी।

शर्मिष्ठा को भी ग़ुस्सा आ गया और उसने अपने सैनिकों से कह कर देवयानी को कुएं में फिकवा दिया। कैसा अजब संयोग था कि राजा ययाति वहां से गुज़रे और उन्होंने देवयानी की जान बचाई।

ययाति लम्बे चौड़े बहुत खूबसूरत नौजवान थे। उन्हें देखते ही देवयानी का मन उनकी ओर झुक गया।

आश्रम लौटने पर देवयानी ने दिन भर का लेखा जोखा अपने पिता को दे डाला। शर्मिष्ठा की करतूत पर शुक्राचार्य भी बहुत नाराज़ हुए। उन्होंने राजा वृषपर्व को खूब खरी खोटी सुना डाली। आख़िर देवयानी आचार्य की लाड़ली बेटी थीं।

शुक्राचार्य का ग़ुस्सा देख कर राजा ने घबरा कर उनसे माफ़ी मांगी। शर्मिष्ठा ने भी सर झुका कर अपनी भूल स्वीकार कर ली। लेकिन देवयानी का मन नहीं पसीजा था। उन्होंने राजा से शर्मिष्ठा को अपनी दासी के रूप में मांग लिया।

अब तक जो सहेलियां थीं, प्रतिद्वंदी बन गईं। जब जब मौका मिलता देवयानी शर्मिष्ठा को नीचा दिखातीं। उनका अपमान करतीं। और तो और जब वे ब्याह कर राजा ययाति के महल में आईं तो शर्मिष्ठा को भी अपनी सहचरी के रूप में साथ ही ले आईं।

तब वे कहां जानती थीं कि वे कितनी बड़ी भूल कर रही हैं! वे यह भी कहां जानती थी कि राजा ययाति इतने विलासी निकलेंगे कि उनकी दासी को ही अपना लेंगे। मगर यह सब तो भाग्य का लिखा था। ऐसा होने से कोई रोक भी नहीं सकता था।

जब यादों ने दस्तक दे ही दी तो शर्मिष्ठा को वह दिन भी याद आ गया जब पहली बार उनका सामना राजा ययाति से हुआ था। वे महल के बगीचे में फूल चुन रही थीं।

राजा न जाने कबसे उन्हें एकटक देख रहे थे। शर्मिष्ठा की सुंदरता पर रीझ गए थे राजा और उस दिन वे राजमहल लौटे ही नहीं।

देवयानी की दासियों के लिए बने उस छोटे से महल में दोनों की मोहब्बत परवान चढ़ने लगी थी।

आश्रम से राजमहल का रास्ता कब तय हो गया यह न राजा ययाति को पता चला, न शर्मिष्ठा को। दोनों अपने विचारों की उधेड़बुन में लगे रहे।

रथ रुका तो शर्मिष्ठा नीचे उतर आई। ययाति उतरने लगे तो उनके घुटनों में तेज़ दर्द हुआ। बुढ़ापे की पहली अनुभूति। राजा निढाल होकर न जाने कितनी देर रथ पर ही बैठे रहे।

राजमहल में लौट कर आये तो देवयानी उनके इंतज़ार में बैठी थीं।

राजा की इस हालत की ज़िम्मेदार वही तो थीं। लेकिन क्या करतीं! राजा का छल चुपचाप बर्दाश्त कर लेतीं? अपने स्नेह के बदले में क्या यही अपेक्षा की थी उन्होंने?

फिर भी आज राजा को इस रूप में देख कर उनका मन भर आया। उन्होंने हौले से अपना हाथ राजा की झुर्रियों वाले माथे पर रख दिया। राजा का दुःख वे समझ रही थीं। महसूस कर रही थीं।

राजा ययाति असमय आ गए इस बुढ़ापे के लिए बिलकुल तैयार नहीं थे। इससे मुक्ति पाने का रास्ता तो और भी कठिन था लेकिन राजा को मुक्ति पानी ही थी किसी भी क़ीमत में।

आख़िर खूब सोचने विचारने के बाद उन्होंने अपने बेटों को पास बुलाया। दो बेटे देवयानी से और तीन शर्मिष्ठा से।

पांचों बेटों के सामने उन्होंने शुक्राचार्य के श्राप से मुक्त होने का उपाय बताया।

ययाति की बात सुनकर सब चौंक गए और एक साथ बोले, "पिता होकर ऐसा स्वार्थ! आपके सुख के लिए हम अपने सुखों की बलि दे दें! ये असम्भव है पिताजी। आप अपनी उम्र जी चुके हैं, भोग चुके हैं सभी सुखों को। हमने तो अभी यौवन में कदम ही रखा है। नहीं महाराज। हम आपकी बात नहीं मान सकते। क्षमा करें। कहते हुए सब वहां से चले गए।"

राजा की आंखों से आंसू लुढ़क गए। एक वीर प्रतापी चक्रवर्ती सम्राट अपने यौवन ने छिन जाने का प्रलाप कर रहा था। उसके परिवार में ऐसा कोई नहीं था जो उसके दुखों को कम कर सके। ययाति का मन किया कि अपनी जान दे दें। ऐसे निःशक्त शरीर को लेकर जीने से तो मृत्यु ही भली।

ययाति निढाल होकर पड़े थे कि उन्होंने एक आहट सुनी। आंखें खोलीं तो करीब ही उनका और शर्मिष्ठा का सबसे छोटा पुत्र पुरु वहां खड़ा था। उसने अपने पिता के घुटनों पर सर रख दिया और बोला, "पिताजी जिन घुटनों पर चलकर आपने घोड़ा बन-बन कर मुझे पीठ पर घुमाया, उन्हें मैं कमज़ोर नहीं देख सकता। जिन हाथों ने मेरी उंगलियां पकड़ कर चलना सिखाया उन्हें मैं यूं कांपता नहीं देखना चाहता।"

पुरु का गला रुन्धने लगा। वह बोला,"महाराज मैं अपना यौवन आपको देकर बदले में आपका बुढ़ापा लेना चाहता हूं।"

पुरु की बात सुनकर जैसे पूरे ब्रह्माण्ड में सन्नाटा छा गया। न जाने कितने देर ययाति भी वहीं बुत बने बैठे रहे। फिर उन्होंने अपना कांपता हाथ पुरु के सिर पर रख दिया।

ययाति का यौवन उन्हें वापस मिल गया।।

राजमहल में जैसे फिर से बसंत छा गया था। चारों ओर खूब सजधज और रौनक थी। रानियों ने भी राजा को रिझाने के लिए सोलह सिंगार कर डाले। मन तो रंगे ही थे। मेहंदी से हथेलियां और आलते-महावर से तलुवे भी रंग डाले। फूलों और इत्र फुलेल की महक से राजा का मन बावरा हो चला था। ऐसे ही भोग विलास में डूबे ययाति ने सहस्त्रों बरस राज किया।

एक दिन अपने उपवन में टहलते हुए वे दूर बनी एक कुटिया में चले गए। घुप्प अंधेरे में उन्हें वहां किसी के कराहने की आवाज़ आयी। कौन? कौन है वहां? उन्होंने बेचैन होकर पूछा।

कौन हो भाई? कहते हुए राजा ने एक दीपक जलाया और करीब ले जाकर उस जीर्ण शीर्ण काया को देखा तो उनके होश उड़ गए। दीपक उनके हाथ से गिर गया। कुटिया में फिर अंधेरा छा गया।

यह तो उनका बेटा पुरु था। उनका लाड़ला, जिसने अपने सुख औरअपना यौवन उन्हें दान में दे दिया था।

ययाति वहीं ज़मीन पर धम्म से गिर पड़े।" ये क्या किया मैंने! कैसा पाप कर डाला! सांसारिक लालसाओं ने मुझे कितना नीचे गिरा दिया था और उस सबके बाद मुझे हासिल क्या हुआ?"

राजा विलाप करने लगे, "मैं थक गया हूं और जान गया हूं कि तृष्णाओं से मन कभी भरता नहीं। मुझे घृणा हो रही है अपने आप से। कहते हुए वे वहीं पत्थर पर अपना सर पीटने लगे।"

रानियां, उनके बेटे और राजमहल के सभी लोग वहां इकट्ठे हो गए।

अपने मन का सारा मैल आंसुओं से धो डालने के बाद ययाति उठे और उन्होंने पुरु को गले लगा लिया।

आसमान में जोर से बिजली कौंधी। तीनों लोकों में हलचल सी मच गई।

ययाति ने अपना बुढ़ापा पुरु से वापस ले लिया और अपने सिर से राजमुकुट निकाल कर उसके सिर पर रख दिया।

अपने बेटे का ऋण चुका दिया था उन्होंने।

ययाति की आंखें गड्ढे में धंसी थीं, लेकिन उनमें एक चमक थी। संतोष की चमक।

चेहरे पर झुर्रियां थी, लेकिन एक मुस्कान भी। ययाति को आज संसार का सबसे बड़ा सुख महसूस हुआ था। त्याग का सुख। सभी वासनाओं से, लालसाओं से वे मुक्त हो चुके थे।

राजा हरिश्चंद्र

जंगल में सन्नाटा फैला हुआ था। साल के ऊंचे पेड़ों के आसपास से गुज़रती हवा की सांय सांय के बीच बस एक ही आवाज़ आ रही थी। वह थी राजा हरिश्चंद्र के घोड़े की टाप।

यह बात हज़ारों साल पुरानी है। उस युग की जिसे त्रेतायुग कहा जाता था और राजा हरिश्चंद्र उस युग के महाप्रतापी राजा थे। उस रोज़ शिकार करते करते राजा बियाबान जंगल में भीतर तक घुसते चले गए। जैसे कोई शक्ति उन्हें खींच रही थी। कुछ दूर और जाने पर उन्हें किसी औरत की आवाज़ सुनाई दी। एक धीमे सी आवाज़। शायद रुआंसी सी पुकार। जैसे वह मदद के लिए पुकार रही हो। राजा ने आवाज़ की दिशा में अपना घोड़ा दौड़ा दिया।

कुछ और करीब जाने पर बचाओ बचाओ की आवाज़ उन्हें साफ़ सुनाई देने लगी। राजा ने अपना तीर कमान पर चढ़ा लिया। पर तब उन्हें अहसास हुआ वहां कोई मुसीबत में फंसी कोई औरत नहीं थी, तपस्या करते हुए एक ऋषि थे। ऋषि विश्वामित्र! ये कैसा छल था?

हरिश्चंद्र धर्म की राह पर चलने वाले राजा थे, जिन्होंने अपने जीवन में कभी एक झूठ तक नहीं बोला था। लेकिन इस पल ना जाने क्या हुआ कि वो अपना संयम खो बैठे। उन्होंने तपस्या में बैठे विश्वामित्र को भला-बुरा कहना शुरू दिया। अच्छे से अच्छा इंसान भी कभी कभी संयम खो देता है। पर तब उसे नहीं पता होता है कि एक कमज़ोर पल, उसकी ज़िंदगी को किस कदर बदल सकता है।

राजा हरिश्चंद्र के साथ भी यही हुआ। उनकी ऊंची आवाज़ और कड़वी बातों से ऋषि विश्वामित्र की तपस्या भंग हो गई थी। उनकी बरसों की साधना मिट्टी में मिल गई और ऐन उसी वक़्त राजा को होश आया कि उनसे कितनी बड़ी ग़लती हो गई है।

उधर महर्षि का चेहरा क्रोध से तमतमा रहा था। उन्होंने ग़ुस्से से सामने खड़े राजा हरिश्चंद्र को देखा और गरजते हुए बोले, "राजन, तुम्हारी यह हिम्मत? ऐसी धृष्टता?"

हरिश्चंद्र राजा महर्षि के पैरों पर गिर कर माफ़ी मांगने लगे। उन्होंने अपने सत्कर्मों की दुहाई दी। यह भी कहा कि जो हुआ वह उनके वश में नहीं था।

मगर अब कोई फ़ायदा नहीं था।

उन्होंने विश्वामित्र की तपस्या भंग करने का घोर पाप किया था और महर्षि किसी भी सूरत में उन्हें बिना सज़ा दिए छोड़ने वाले नहीं थे।

हरिश्चंद्र महर्षि विश्वामित्र के सामने सर झुकाए अपराधी की तरह खड़े थे। वे जानते थे कि उन्हें भूल का प्रायश्चित करना ही होगा। उनका धर्म उनके आदर्श यही तो कहते थे। वे भरे हुए गले से बोले, "मुझसे भूल हो गई महर्षि। मैं अपना संयम खो बैठा, मैं प्रायश्चित करने को प्रस्तुत हूं।"

"भूल नहीं राजन! अपराध! दंड तो भुगतना होगा आपको," विश्वामित्र की तेज़-तर्रार आवाज़ गूंजी। दंड यह था कि राजा हरिश्चंद्र अपना राजपाठ, अपनी संपत्ति सब कुछ उनके हवाले कर देंगे और उसी वक़्त परिवार के साथ अपना राज्य छोड़ देंगे।

सत्ता-सिंहासन, धन-दौलत इनका हरिश्चंद्र को कोई मोह नहीं था, लेकिन अपनी प्रजा को छोड़कर चले जाने के ख़याल से उनका चेहरा पीला पड़ गया। उनकी प्रजा उन्हें एक पिता की तरह सम्मान देती थी। भगवान् की तरह उन पर विश्वास रखती थी।

लेकिन राजा हरिश्चंद्र इक्ष्वाकुवंशी थे। जिनके वंशज पुरषोत्तम राम हुए हों, उन्हें धर्म के मार्ग से कौन डिगा सकता था! फिर वे तो सत्यवादी भी थे और उनके अनुसार यही सच था कि उन्होंने महर्षि की तपस्या भंग की थी।

इसलिए उन्होंने सिर झुकाकर बिना किसी वाद-विवाद के महर्षि की आज्ञा मान ली और अपनी पत्नी तारामती और बेटे रोहिताश्व को लेकर काशी की ओर चल पड़े। वह नगरी जो संन्यासियों की शरणस्थली थी। जहां गंगा का पानी सारे पाप धो डालता था।

वे अपनी पत्नी और बेटे के उदास चेहरे देख रहे थे। रेशमी साड़ी और गहनों से लदी तारामती के तन को सफ़ेद कपड़े में लिपटा देख उनका मन रो पड़ा, लेकिन उनके कदम नहीं रुके। मासूम बेटे के धूप में लाल होते गाल और कोमल तलुओं के नीचे चुभते कंकड़ उनको धर्म से नहीं डिगा पाए। काश वे जानते कि उनके साथ जो हो रहा है, यह सिर्फ भाग्य का चक्र नहीं है। इसके पीछे ऋषि विश्वामित्र और उस वक़्त के बहुत बड़े महर्षि वशिष्ठ के बीच की प्रतिस्पर्धा छुपी हुई थी। इक्ष्वाकुवंश के गुरु यानी महर्षि वशिष्ठ जाने माने ऋषि थे, लेकिन विश्वामित्र उन्हें ख़ुद से कम आंकते थे। उन्हें लगता था कि वशिष्ठ का मान सिर्फ इसलिए है क्योंकि वे एक राजसी परिवार से जुड़े हुए हैं। ऐसे ही एक दिन ऋषि-मुनियों की सभा में महर्षि वशिष्ठ ने अपने शिष्य राजा हरिश्चंद्र की तारीफ़ कर दी। यहां तक कि उन्होंने हरिश्चंद्र की तुलना देवताओं से कर दी। विश्वामित्र इसी बात पर तुनक गए।

"ये आपका अभिमान है महर्षि। हरिश्चंद्र तो क्या पृथ्वी का कोई भी मनुष्य देवताओं की बराबरी नहीं कर सकता! मैं एक दिन इस बात को प्रमाणित कर के दिखाऊंगा।"

विश्वामित्र कई महीनों से वशिष्ठ के दावों को ग़लत साबित करने की कोशिश में थे और आज उन्हें यह मौका मिल गया था। स्वर्ग लोक में देवी-देवताओं, मुनियों-महर्षियों के बीच बैठे गुरु वशिष्ठ मुस्कुरा उठे। वे जानते थे कि विश्वामित्र हरिश्चंद्र की कठिन परीक्षा लेंगे। लेकिन उन्हें अपने शिष्य पर पूरा यकीन था। दो ऋषियों के बीच की लड़ाई से अनजान राजा हरिश्चंद्र काशी की ओर बढ़े जा रहे थे। वे अभी कुछ दूर ही चले होंगे कि अचानक महर्षि विश्वामित्र फिर उनके सामने रास्ता रोके खड़े थे और

उनका चेहरा बता रहा था कि सिर्फ राजपाठ लेकर उन्हें चैन नहीं मिला था। उन्हें राजा हरिश्चंद्र की और परीक्षा लेनी थी।

राजा हरिश्चंद्र अपने शहर की सीमा लांघ चुके थे। सीमा के इस पार पूरा शहर आंखों में आंसू लिए उनको विदा कह रहा था और सीमा के उस पार आंखों में अंगारे लिए महर्षि विश्वामित्र उन्हें एकटक घूर रहे थे।

राजा ने उनके सामने अपना सिर झुका दिया।

महर्षि ने अपनी भौंहे चढ़ाईं, माथे पर बल डाले और बोले, "हरिश्चंद्र, दान तो तुमने दे दिया, मगर मेरी दक्षिणा! उसका क्या! क्या तुम एक ब्राह्मण को दक्षिणा से वंचित रख कर पाप का भागी बनना चाहते हो?"

हरिश्चंद्र क्या बहुत संयमित स्वर में बोले, "महर्षि आप राजकोष से जितना धन चाहें ले सकते हैं।"

महर्षि भड़क गए, "राजकोष? उस पर तुम्हारा क्या अधिकार? मत भूलो कि पूरा राज्य और संपत्ति तुम मुझे दान कर चुके हो। राजकोष तो मेरा है। तुम क्या मेरी ही चीज़ मुझे दान करोगे?"

हरिश्चंद्र को अपनी भूल का एहसास हुआ, "क्षमा करें ऋषि। बस मुझे थोड़ा सा समय दें जिससे मैं आपके लिए दक्षिणा का प्रबंध कर सकूं।"

महर्षि थोड़ा नर्म पड़े और बोले, "ठीक है और वापस राज्य की ओर चले गए।"

पूरा एक महीने लगातार कई कोस चलने के बाद हरिश्चंद्र परिवार के साथ काशी पहुंचे। वे थक चुके थे। पत्नी और बेटा भी। अब और एक कदम चल पाने की हालत में नहीं थे। हरिश्चंद्र कुछ खाने पीने की जुगाड़ का सोचने लगे।

कहां से आएगा भोजन? एक क्षत्रिय होकर भिक्षा मांगना उन्हें शोभा नहीं देता था।

लेकिन मेहनत करके तो दो वक़्त की रोटी कमाई जा सकती थी। उनका मन इसी उधेड़बुन में लगा था कि सामने से महर्षि विश्वामित्र आते

दिखाई दिए। वे करीब आकर हाथ बढ़ाते हुए बोले, "हाँ तो हुआ मेरी दक्षिणा का इंतज़ाम?"

हरिश्चंद्र गंभीर स्वर में बोले, "हो जाएगा इंतज़ाम। लेकिन आपने एक माह की मोहलत दी थी महात्मन् और अभी एक दिन बाक़ी है।"

विश्वामित्र ने ढलते सूर्य की तरफ एक निगाह डाली और बोले, "कल इसी वक़्त फिर आऊंगा। सूर्यास्त के पहले दक्षिणा तैयार रहे वरना तुम और तुम्हारे परिवार को मेरे श्राप से कोई नहीं बचा पायेगा।"

हरिश्चंद्र सोच में डूब गए। उन्हें न किसी श्राप का भय था, न मुश्किलों की परवाह। न ही किसी कष्ट की उन्हें चिंता थी। वे तो बस अपनी पत्नी और बेटे की भूख, उनकी पीड़ा नहीं देख पा रहे थे। पति की बेचैनी तारामती से नहीं देखी गई। वे बोलीं, "हमारे पास अब कोई रास्ता नहीं है। आप मुझे किसी व्यापारी को बेच दें। मैं उसकी मजदूरी कर लिया करूंगी।"

हरिश्चंद्र को लगा जैसे किसी ने सीने पर वार किया हो। क्या तारामती की सलाह मानने के अलावा उनके सामने कोई रास्ता नहीं था?

यह क्या अनर्थ हो रहा था! कहां का न्याय था! यह उस युग के सबसे न्यायशील, सत्यवादी राजा हरिश्चंद्र, जिन्होंने सदा धर्म का पालन किया, आज वो ऐसे दोराहे पर आकर खड़े हो गए थे। ऋषि विश्वामित्र के अपराधी थे वे, इसलिए कहीं काम भी नहीं मिल रहा था। जो ऋषि एक राजा का राजपाठ ले सकते थे, उनसे कोई कैसे दुश्मनी मोल लेता! हरिश्चंद्र आंखें बंद किये गंगा किनारे ध्यान मग्न हो गए। लेकिन मन तो विचलित था। बंद आंखों के सामने भी महर्षि विश्वामित्र का क्रोधित चेहरा दिखाई पड़ रहा था। अगर उन्हें दक्षिणा नहीं दे पाए तो इक्ष्वाकुवंश का सम्मान हमेशा के लिए धूल में मिल जाएगा।

बेचैन होकर हरिश्चंद्र ने आंखें खोल लीं। सामने तारामती और बेटे की मुरझाई सूरत नज़र आयी। तारामती रुंधे गले से कह रही थी, "अपने वचन की रक्षा करने के लिए आपके पास दूसरा कोई रास्ता नहीं है स्वामी।"

हरिश्चंद्र ने तारामती को अपने सीने से लगा लिया। "ऐसा मत कहिये रानी। अग्नि को साक्षी मान कर आपको सुखी रखने का वचन भी मैंने ही दिया था। मेरा कर्तव्य आपकी तरफ भी उतना ही है जितना धर्म की ओर। मैं ऐसा नहीं कर सकता तारा।"

मां बाप को रोते देख नन्हा रोहिताश्व भी रोने लगा। नादान था। वक़्त की मार को झेलने की ताकत उसमें नहीं थी। वह अपनी मां का पल्लू खींचने लगा, "मां मुझे दूध पीना है। प्यास लगी है।"

उसने पिता की बाहों को जकड़ लिया, "पिताजी भूख लगी।"

हरिश्चंद्र और तारामती समझ गए कि अब सचमुच कोई राह नहीं।

आख़िर हरिश्चंद्र ने चंद मोहरों के एवज में अपनी प्रिय पत्नी तारामती को एक बुज़ुर्ग धनी व्यापारी के सुपुर्द कर दिया।

तारामती ने अपनी उंगलियां हरिश्चंद्र की हथेलियों के बीच से छुड़ाई और व्यापारी के साथ चल दीं। मां को जाता देख बच्चा बिलखने लगा। वह पिता की गोद से उतरने के लिए मचलने लगा। हरिश्चंद्र को एहसास हुआ कि रोहिताश्व अभी बहुत छोटा था। उसे मां से दूर रखना उसके बचपन के साथ अन्याय होगा।

इस तरह एक रानी और उनका राजकुमार एक व्यापारी का ग़ुलाम बन कर रह गये थे। समय ऐसी अजीब करवटें ले रहा था कि उसकी पीठ के नीचे नेकी और सच्चाई कुचल रही थीऔर तीनों लोक मूक साक्षी बने हुए थे।

पता नहीं कब वो समय आएगा जब राजा हरिश्चंद्र के जीवन में सुख के उतार और दुखों के चढ़ाव कुछ थम जाएंगे!

हरिश्चंद्र दूर जाती तारामती और अपने बेटे को देख रहे थे। उन्हें अपना जीवन बेकार लग रहा था। क्या अर्थ था उनके क्षत्रिय होने में जब वे अपने परिवार की रक्षा ही नहीं कर पा रहे थे!

वे कर्तव्यों से टलने वाले पुरुष नहीं थे, मगर दुखों के पहाड़ को देख कर उन्हें संसार से विरक्ति हो आयी थी।

गंगा के पार गहरे नीले आसमान में सूरज ढल रहा था। ऐसा लग रहा था पानी में किसी ने केसरिया रंग घोल दिया हो। जैसे गंगा भी दुःख में जोगन हो गई थी।

हरिश्चंद्र सोच में डूबे हुए थे, तभी किसी ने उनका कंधा थपथपाया। महर्षि विश्वामित्र अपनी दक्षिणा लेने खड़े थे। तीस दिन की मोहलत ख़त्म हो गई थी।

हरिश्चंद्र ने अपना हाथ आगे किया और अभी अभी अपनी पत्नी के एवज में उस वृद्ध व्यापारी से मिली स्वर्ण मुद्राएं उनके हाथ में रख दीं।

उन्हें एकदम हल्का महसूस हो रहा था। मानो न जाने कितना वज़न था उन सिक्कों में!

लेकिन सुख की मंज़िल हरिश्चंद्र के लिए अभी मीलों दूर थी।

महर्षि ने उन सिक्कों को नज़रों से तौला। फिर बोले, "बस इतना ही? हरिश्चंद्र! ये मुझ जैसे सिद्ध संन्यासी का अपमान है। इतनी कम मुद्राएं?"

हरिश्चंद्र हैरान रह गए। मगर उनमें न जाने कितना धैर्य था। वे महर्षि के आगे झुक कर बोले, "अब मेरे पास इस तन के सिवा और कुछ नहीं। और वो भी मैं आपको समर्पित करता हूं। मैं उम्र भर आपकी दास बन कर सेवा करूंगा और आपके अधीन रहूंगा। जब आपको लगे कि आपकी दक्षिणा मिल गई तब आप मुझे स्वतंत्र कर दीजियेगा।"

विश्वामित्र ने कोई उत्तर नहीं दिया। उन्होंने पास गंगाघाट पर अंतिम क्रिया करते एक शख़्स को बुलाया जो श्मशान पर चिता जलाने का काम करता था। हरिश्चंद्र उसको देख कर घबरा गए।

उसकी आंखों के लाल डोरे और भाव-विहीन चेहरा देख कर उनकी रूह कांप गई। "महर्षि ये कौन है? और इसे आपने यहां क्यों बुलाया है?"

महर्षि बोले, "मैं तुम्हें अपना बंधक स्वीकार करता हूं और तुम्हें इस चंडाल को बेच रहा हूं।"

हरिश्चंद्र की रगों में बहता खून मानों सूख गया। लेकिन वे वचनबद्ध थे। सत्यवादी थे। अपने कहे से कैसे मुकरते! चुपचाप उसके पीछे चल दिए।

देश का सबसे बड़ा राजा इस वक़्त एक चंडाल का ग़ुलाम बनकर रह गया था।

राजा हरिश्चंद्र की सत्यनिष्ठा में इतना बल था कि उनके राज्य में न कभी बीमारियां फैलतीं, न अकाल पड़ता। चारों ओर सुख समृद्धि थी पर आज उनके पास कुछ नहीं रह गया था। स्वर्ण सिंहासन पर बैठने वाले हरिश्चंद्र अब श्मशान घाट में एक चौकीदार का काम कर रहे थे। "तुम्हारा काम यहां शवदाह करने आये लोगों से कर वसूलना है। ध्यान रहे कि बिना शुल्क लिए किसी भी मृत का अंतिम संस्कार न हो। उनके मालिक यानी शवों को जलाने वाले उस शख्स ने कहा।"

राजा की हिम्मत जवाब देने लगी, "हे भगवान्। ये कैसे कर पाऊंगा मैं! दुःख से बेहाल परिजनों से कर वसूलने जैसा तुच्छ काम मुझसे न होगा।"

लेकिन वे कैसे मना करते। वे तो किसी और की जागीर थे। उनका तो तन भी अब अपना नहीं था। बोझिल से दिन गुज़र रहे थे। एक शाम हल्के धुंधलके में एक औरत श्मशान आयी। उसने अपने आंचल से अपने बच्चे को ढांक रखा था।

जैसे ही वो करीब आयी हरिश्चंद्र चौंक गए। तारामती?

और ये बच्चा! रोहिताश्व! नहीं। ये नहीं हो सकता। हरिश्चंद्र वहीं धरती पर बैठ गए।

तारामति ने बताया कि सांप ने उनके बच्चे को डस लिया है। उसकी आवाज़ पिघले सीसे की तरह उनके कानों में उतर रही थी।

तारामती बच्चे का अंतिम संस्कार करने आयी थी।

हरिश्चंद्र नियमों से बंधे थे। उन्होंने तारा से शुल्क अदा करने को कहा।

तारामती रो पड़ीं। "मैं कहां से लाऊं शुल्क? मेरा तो खुद अपने आप पर अधिकार नहीं है।"

"पर बिना शुल्क लिए मैं अंतिम संस्कार नहीं कर सकता तारा। मेरे हाथ कर्तव्यों की डोर से बंधे हैं।" हरिश्चंद्र बोले।

"अपने बच्चे का भी?" शब्द तारा के गले में अटक रहे थे।

"हाँ तारामती, जिस सत्य की रक्षा के लिए मैंने अपना महल, राजपाट तक त्याग दिया, स्वयं और अपने परिवार को बेच दिया, आज यह उसी सत्य की रक्षा की घड़ी है।"

हरिश्चंद्र ने तारामती को तो समझा दिया लेकिन वो खुद को कैसे समझाते। उनका कलेजा फट रहा था। एक इंसान के रूप में तो वे कर्त्तव्यनिष्ठ थे। लेकिन एक पिता, एक पति के रूप में वे ख़ुद हारा हुआ महसूस कर रहे थे।

उन्होंने हिम्मत करके तारा से कहा, "अच्छा तुम शुल्क के रूप में अपनी साड़ी का एक टुकड़ा ही दे दो।"

तारामती बिफर कर बोलीं,"आधी साड़ी से बेटे का कफ़न बनाने के बाद तन ढांकने भर का कपड़ा ही तो शेष है, उसे कैसे दे दूँ?"

हरिश्चंद्र को लगा जैसे आसमान उनके सिर पर आ गिरा हो, पर किसी तरह ख़ुद को संभालकर बोले, "देवी, शुल्क तो आपको देना ही होगा।"

हरिश्चंद्र की बात सुनकर तारामती जड़ हो गई। उन्होंने अविश्वास से हरिश्चंद्र की ओर देखा, लेकिन उनकी नज़रों में कोई रियायत ना देखकर अपनी साड़ी का बचाखुचा कपड़ा फाड़ने लगीं। तभी अचानक श्मशान में रोशनी जल उठी। हरिश्चंद्र हैरान थे। उनके सामने साक्षात् धर्मराज खड़े थे और उनके पीछे स्वर्गलोक के सभी देवी-देवता और महर्षि विश्वामित्र भी।

वो बोले, "आप धन्य हैं राजन। इतनी मुश्किल परिस्थिति में तो देवता भी धर्म के रास्ते से भटक जाते हैं,पर आपने अपना धर्म नहीं छोड़ा।" ऋषि विश्वामित्र की आवाज़ में उनके लिए स्नेह था।

राजा हरिश्चंद्र इस परीक्षा में भी सफल हो गए थे। श्मशान का धुंधलका छंट गया। रोहिताश्व फिर से जीवित हो गया। रानी तारामती को उनका ऐश्वर्य वापस मिल गया था और राजा हरिश्चंद्र का नाम आने वाली सदियों के लिए अमर हो गया। समस्त देवी देवता नतमस्तक हुए पुष्प वर्षा कर रहे थे, आकाश इन्द्रधनुषी रंगों और भीनी महक से भर गया।

ध्रुव

सूर्यास्त का समय था। सिंदूरी आसमान धीरे-धीरे स्याह होने लगा। परिंदे अपने घरौंदों को लौट रहे थे।

राजमहल में दासियों ने दीपक जलाने शुरू कर दिए और रानियां बाहर बगीचे में खेलते राजकुमारों को भीतर बुलाने के लिए आवाज़ लगाने लगीं। हवाओं में बच्चों की मीठी किलकारी गूंज उठी।

वाह कितना सुंदर दृश्य है!

यह है सतयुग,जब सृष्टि का बस आरम्भ ही हुआ था। ब्रह्मा ने सृष्टि के विस्तार के लिए अपने दाहिने हिस्से से मनु और बाएं हिस्से से शतरूपा की रचना की और उनसे मानव यानी मनु के पुत्र पैदा हुए।

मनु के एक पुत्र थे उत्तानपाद, जिनकी दो रानियां थीं-सुनीति और सुरुचि। इन्हीं दोनों रानियों के राजदुलारे ही तो थे, जिनकी खिलखिलाती हँसी और प्यारी बातें महल की रौनक बढ़ा रहे थे।

दोनों बच्चे दौड़ते हुए अपनी माओं के पास चले गए।

महल के सबसे आलिशान हिस्से में रहती थी रानी सुरुचि और उनका बेटा उत्तम। सुरुचि बहुत सुंदर थीं, इसलिए राजा को वही ज़्यादा प्रिय थीं। उन्हें संसार के सभी सुख राजमहल में मिलते थे। रानी के साथ उनका बेटा उत्तम अपने पिता का दुलारा था और उनकी राजगद्दी का वारिस भी।

राजमहल के बाहरी हिस्से में राजा उत्तानपाद की दूसरी रानी सुनीति रहती थी। उनका स्वभाव महापुरुषों के जैसा था। वे न्याय और धर्म की बातें करती। ऐसी ही बातें सुन कर बड़ा हो रहा था उनका बेटा ध्रुव, जो

अपनी मां के दिए संस्कारों के कारण अपनी उम्र से ज़्यादा गंभीर और समझदार था।

जितना पाया उतने में संतोष करना उसके स्वभाव में था। लेकिन था तो वह बच्चा ही!

एक दिन राजदरबार सजा हुआ था। राजा उत्तानपाद अपनी प्रिय रानी सुरुचि के साथ सिंहासन में बैठे हुए थे। वे अपनी गोद में खेलते अपने लाड़ले उत्तम को दुलार रहे थे। ध्रुव हमेशा की तरह महल की दासियों के बच्चों के साथ बाहर खेल रहा था। खेलते-खेलते उनकी गेंद महल के भीतर लुढ़क आयी।

बच्चों के बीच अब ये सवाल उठा कि गेंद लेने अन्दर कौन जाएगा? राजमहल के भीतर जाने की हिम्मत तो उनमें थी नहीं। बच्चों ने ध्रुव से चिरौरी की, "गेंद तुम जाकर ले आओ न ध्रुव। हम भीतर गए तो डांट पड़ेगी। तुम तो राजकुमार हो। तुम्हें कोई कुछ नहीं कहेगा।"

बात तो सच थी। ध्रुव गेंद लाने महल के भीतर दौड़ गया।

अन्दर पहुंचा तो उसकी नज़र सिंहासन पर बैठे अपने पिता और सौतेले भाई उत्तम पर पड़ी। वो गेंद की बात भूल ही गया। उसका मन भी अपने पिता के दुलार के लिए मचलने लगा। वह उनके करीब पहुंचकर बड़ी हसरत से उन्हें देखने लगा। डरते-डरते ध्रुव ने अपनी छोटी सी हथेली राजा के घुटनों पर रख दीं।

राजा ध्रुव को गोद में उठाते उसके पहले रानी सुरुचि ने झटके से उसे पीछे खींच लिया। ध्रुव की आंखें डबडबा गईं। उसके छोटे से दिल को बड़ी चोट पहुंची थी।

भरे राजदरबार में ग़ुस्से से तमतमाई रानी सुरुचि ध्रुव को पकड़े खड़ी थीं।

राजा देख रहे थे कि ध्रुव की कलाई रानी की तेज़ पकड़ से लाल हो गई थी। लेकिन उसके मन में जो गहरे निशान पड़े थे वह कोई नहीं देख रहा था, राजा भी नहीं। राजा उत्तानपाद अपनी रानी सुरुचि के प्रेम में अंधे हो गए थे। उनके विरुद्ध जाने की बात वे सोच भी नहीं सकते थे। ध्रुव का पक्ष लेने का मतलब था, अपनी प्रिय रानी को नाराज़ करना। छोटे से बच्चे की

तरफ रानी का कठोर रवैया और उस पर यूं राजा का चुप रह जाना। पूरी राजसभा स्तब्ध थी, लेकिन किसकी हिम्मत थी कि उनको कुछ कह सके!

ध्रुव की कलाई पर रानी का ज़ोर बढ़ता जा रहा है। उसने कसमसाकर अपने पिता की ओर देखा। राजा कुछ कहते, उससे पहले रानी की सख्त आवाज़ से महल के गलियारे गूंज गए।

"तुम इस सिंहासन और राजा की गोद में नहीं बैठ सकते। उसके लिए तुम्हें अपना भाग्य बदलना होगा। तुम्हें मेरी कोख़ से जन्म लेना होगा।"

ध्रुव को अपनी सौतेली मां की बात समझ नहीं आयी। लेकिन वो इतना ज़रूर समझ गया कि अगर पिताजी चाहते तो उसे अपनी गोद में ज़रूर बैठा सकते थे।

वह कुछ देर चुपचाप वहीं खड़ा रहा, फिर उसने हाथ को झटक कर अपनी कलाई छुड़ाई और मां को पुकारते हुए राजमहल से बाहर को दौड़ पड़ा।

संध्या आरती की तैयारी करती हुई रानी सुनीति बेटे की आवाज़ सुन कर चौंक गईं और भाग कर बाहर आईं। ध्रुव के उतरे हुए चेहरे को देख कर वह कांप गईं। किसी अनिष्ट की आशंका से उनका मन बेचैन हो उठा। ज़रूर कुछ बुरा हुआ है, वरना उनका साहसी बेटा यूं आंसुओं में नहीं भीगा होता।

मां को देखते ही ध्रुव कस कर उनसे लिपट गया और रोने लगा।

"मां पिताजी बहुत बुरे हैं। मुझे अपनी गोद में नहीं बैठाते।"

"ऐसा नहीं कहते बेटा, वे तुम्हारे पिता हैं।" रानी ध्रुव की बात समझ रही थीं, लेकिन उस मासूम बच्चे को कैसे समझातीं कि पिता होकर वे अपने बेटों के बीच भेदभाव क्यों कर रहे हैं? क्यों उन्हें और उनके लाड़ले ध्रुव को राजा ने खुद से दूर कर रखा है?

उनका मन विचलित हो गया। बरसों से खुद अपमान और तिरस्कार झेल रही रानी सुनीति अपने बेटे का अपमान बर्दाश्त नहीं कर पाईं।

उन्होंने ध्रुव के आंसू पोछे और बोलीं, "तुम्हारे लिए राजा उत्तानपाद के सिंहासन से ऊंचा स्थान और उनकी गोद से ज़्यादा सुरक्षित जगह है। लेकिन उसको पाना इतना आसान नहीं।"

मां की बात सुन कर ध्रुव की आंखें चमक उठीं। उसके लिए कोई भी काम कहां मुश्किल था!

ध्रुव ने अपनी मां की बात सुन तो ली लेकिन समझ नहीं पाया कि मां किस सिंहासन की बात कर रही हैं और वह कौन सी गोद है जो पिता से भी ज़्यादा सुरक्षित है?

उसे तो बस बार-बार रानी सुरुचि की बात याद आ रही थी कि वह अभागा है। उसको जीवन भर पुण्य करने होंगे ताकि वह अगले जन्म में उनकी कोख़ से जन्में और तब ही उसे अपने पिता की गोद में बैठने का अधिकार मिल सकेगा।

लेकिन एक छोटा बच्चा किस तरह पाप और पुण्य का फ़र्क समझता! वह कैसे जान पायेगा भाग्य और दुर्भाग्य में क्या अंतर है?

रानी सुनीति ध्रुव का हाथ पकड़ कर महल के मंदिर में ले गई। वहां विष्णु जी की मूर्ति के सामने खड़ा करके बोलीं," अब सिर्फ़ नारायण ही तुम्हारी मदद कर सकते हैं। उनका ध्यान करो तो तुम पिता की गोद में ज़रूर बैठ सकोगे।"

ध्रुव अभी सिर्फ छः साल का था। मां की बात सुनकर बोला," अच्छा मां, तो नारायण का स्थान क्या पिता से भी ऊपर है?"

मां अपने बेटे के भोलेपन पर हँस दीं। हां बेटा। वे तो ईश्वर हैं। सभी नरों से ऊपर।

मां तो हँस रही थीं लेकिन ध्रुव सोच में पड़ गया और बोला, "ठीक है मां। तब मैं उन्हीं की गोद में बैठूंगा। कठिन से कठिन तप करके नारायण को प्रसन्न करूंगा। वे मुझे अपनी गोद में ज़रूर बैठाएंगे!!"

रानी अपने बेटे की बात सुन कर हैरान रह गई।

ध्रुव उनका पल्लू खींचते हुए बोला, "कहो ना मां। नारायण मुझे अपनी गोद में बैठाएंगे ना।"

रानी समझ नहीं पा रही थीं कि वे उसे ना कहें या हाँ! अपने बेटे का दिल दुखाने की उनमें हिम्मत नहीं थी। उन्होंने ध्रुव को गोद में उठाया और

चूमते हुए बोलीं, "हां बेटा तुझे नारायण ज़रूर अपनी गोद में बैठाएंगे। बस तुम पूरे मन से उनका नाम जपना।"

ध्रुव मां की गोद से उतर आये। उनके पांव छूए और बोले, "मां मैं आज से ही अपनी तपस्या शुरू करता हूं।" रानी सुनीति कुछ समझतीं, उसके पहले धुन का पक्का वह बालक महल से बाहर की ओर चल पड़ा।

एक नन्हा सा बालक जो अब तक मां की उंगलियां पकड़ कर चलता आया है। जिसने अपने राजमहल के बाहर कभी कदम तक नहीं रखा, वह तपस्या करने जंगल की ओर चल पड़ा था? उस नादान को तप का अर्थ भी पता है क्या?

"अरे कोई इसे रोकता क्यों नहीं?"

तभी रानी सुनीति दौड़ कर ध्रुव के सामने आकर खड़ी हो गईं। उन्होंने बांहें पसार कर अपने लाड़ले की राह रोक ली।

"मत जा मेरे बच्चे। यह उम्र जप-तप की नहीं है। तू यहीं रह कर नारायण का जाप कर।"

ध्रुव ने अपनी मां की बाहों को परे सरकाया। "मां नारायण को पाना इतना आसान नहीं। तुम्हीं ने कहा था ना?"

उस एक पल में ध्रुव का कद बहुत बड़ा हो गया था। अपनी मां से भी बड़ा।

वह महल से निकल कर वन की ओर चल पड़ा। उसको पीछे से मां का रुआंसा स्वर सुनाई दे रहा था, "मत जाओ ध्रुव। यहां तुम्हारे सिवा मेरा और कौन है? बड़ी मन्नतों के बाद मैंने तुम्हें पाया है। कैसे रह पाऊंगी तुम्हारे बिना?"

मां की पुकार सुनकर ध्रुव का मन किया कि वो लौट कर मां की गोद में छिप जाए। उनके आंचल की गर्माहट में गहरी नींद सो जाए। लेकिन उसको राजमहल में हुआ अपमान याद आया। उसे अपने पिता की गोद में बैठा अपना सौतेला भाई उत्तम नज़र आया। अपनी कलाइयों में रानी सुरुचि की पकड़ महसूस हुई।

ध्रुव के कदम और तेज़ी से आगे की ओर चल पड़े। वह नहीं जानता था कि वो किस राह पर चल निकला है।

सूरज ढलने लगा था। जंगल घना हुआ जा रहा था और आसमान स्याह।

तभी ध्रुव चौंक गया। कहीं से नारायण-नारायण का स्वर सुनाई दे रहा था।

उसने आंखें मिचमिचायीं। सामने से देवर्षि नारद चले आ रहे थे।

ध्रुव को देख कर वे मुस्कुराए। उनके भीतर प्यार उमड़ पड़ा। "कैसा तेज है इस बालक के चेहरे पर। मगर आंखों में उदासी?"

वे एकटक ध्रुव की ओर देखते रहे, उस बालक के मन को पढ़ने की कोशिश करते रहे। लेकिन वहां तो नारायण के नाम के सिवा उन्हें कुछ नहीं दिखा। देवर्षि जान गए कि उसके बालमन में जो गहरी चोट लगी है उसके लिए मरहम वो खुद ही खोजेगा। लेकिन नारायण प्राप्ति का मंत्र उसे देना ज़रूरी था। वो मंत्र जिसके जाप से वो विष्णु जी को प्रसन्न कर सकेगा।

थोड़ी देर बाद भारी मन से नारद मुनि ने ध्रुव से विदा ली।

जंगल में घुप्प अंधेरा छा गया। झींगुरों की आवाज़ के अलावा अब वहां ध्रुव की आवाज़ भी गूंज रही थी। वो जप रहा था, लगातार-

ॐ नमो भगवते वासुदेवाय।
ॐ नमो भगवते वासुदेवाय।।

जंगल में जैसे-जैसे रात हो रही थी, वैसे-वैसे अंधेरा गहराता जा रहा था। सन्नाटा पसर गया था।

कभी किसी परिंदे की तेज़ फड़फड़ाहट सुनाई देती और ध्रुव कांप जाता। वह ज़ोर-ज़ोर से मंत्र का जाप करने लगता। उसे अपना घर याद आने लगता। जहां करीब ही उसके सीने पर हाथ रखे मां बैठी होतीं थी और वह बेफ़िक्र होकर गहरी नींद सो जाता।

लेकिन ध्रुव साधारण लड़का नहीं था और उसके मन का डर इतना बड़ा नहीं था कि वह जप छोड़ कर वापस महल लौट जाता। उस महल में

जहां उसका उसकी मां का कोई मान-सम्मान नहीं। जहां उसे मां के सिवा कोई प्यार नहीं करता था।

उधर राजमहल ही नहीं पूरे राज्य में सब तरफ खबर फ़ैल गई कि ध्रुव तपस्या करने वनों की ओर चला गया है। लोग हैरान थे कि छः साल का बच्चा क्या जानेगा कि तप कैसे किये जाते हैं? और उससे भी पहले वे यह नहीं समझ पाए कि उस बालक को तप की ज़रूरत ही क्यों पड़ी? आख़िर ऐसा क्या था जो उसके पास नहीं था! वह तो राजा का बेटा था। राज्य का चहेता राजकुमार था।

राजा उत्तानपाद की आंखों से भी नींद उड़ गई थी।

वे भी अपने किये पर शर्मिन्दा थे। उन्हें खुद पर ग़ुस्सा आ रहा था कि वे एक पिता होकर ऐसा कैसे कर सकते थे? ध्रुव की मासूम आंखें,उसकी हथेली का कोमल स्पर्श उनको याद आता और वे विचलित हो जाते। रानी सुनीति का उदास चेहरा और सूनी आंखें देख कर उनको बहुत दुःख और पछतावा हो रहा था।

उन्होंने तय किया कि वे खुद वन में जाकर अपने बेटे को खोज लायेंगे। उसको अपनी गोद में बैठाएंगे और वह सब उसे देंगे जिसका वो अधिकारी है।

लेकिन ध्रुव के भाग्य में तो कुछ और ही लिखा था।

राजा उत्तानपाद वन की ओर जाने के लिए निकल ही रहे थे कि देवर्षि नारद वहां पहुंच गए।

उन्हें देखते ही राजा के सब्र का बांध टूट गया। ध्रुव के साथ जो अन्याय उन्होंने किया,जो पक्षपात किया वह सब देवर्षि को कह सुनाया।

देवर्षि नारद देख रहे थे कि उनके आंसुओं से उनका मन धुलता जा रहा था। उन्होंने राजा को समझाया," राजन आपका बेटा कोई साधारण बालक नहीं है। इसलिए आप उसकी चिंता छोड़ दें। उसे किसी राज्य के सिंहासन से कहीं बहुत ऊंचा और श्रेष्ठ आसन में बैठना है। वह बालक आपकी और आपके राज्य की कीर्ति को पूरे ब्रह्मांड में फैलाएगा।"

मुनि की बात सुनकर राजा के मन को तसल्ली हुई। लेकिन मां का मन कहां मानने वाला था! रानी सुनीति की सूनी गोद तो अपने बेटे के लौट आने का इंतज़ार कर रही थी।

जंगल में सर्द रात गुज़ारने के बाद चिड़ियों की चहचहाने की मीठी आवाज़ से ध्रुव की नींद टूटी। प्रभु का ध्यान करते-करते वह न जाने कब सो गया था।

उसे एहसास हुआ कि उसने कल से कुछ खाया नहीं है। भूख से हाल बुरा था। उसने यहां-वहां नज़रें दौड़ाईं तो सामने ही लाल-पीले पके बेरों से लदी झाड़ी दिखी। वह लपक कर वहां पहुंचा और मुट्ठी भर फल तोड़ लिए। उन्हें मुंह में डालने ही वाला था कि कानों में नारायण-नारायण के स्वर गूंजे। आंखों के सामने शंख,चक्र और गदा लिए साक्षात विष्णु दिखाई देने लगे।

ध्रुव ने अचकचा कर आखें मलीं। फिर देखा तो सामने उन कंटीली झाड़ियों के सिवा कुछ न था।

ध्रुव ने अपनी मुट्ठी खोल दी। फल ज़मीन पर लुढ़क गए। वह वहीं आंखें मूंदें नारायण का जाप करने लगा—ॐ नमो भगवते वासुदेवाय।

इसी तरह कई महीने बीत गए। ध्रुव अपनी तपस्या में लीन रहा।

कभी किसी हिरण को कुलांचे मारते देखता तो उसे अपने दोस्त याद आते, कभी बंदरिया की छाती से चिपके उसके बच्चे को देखता तो उसका गला भर आता। नारायण के जाप के बीच वह मां को पुकार बैठता। देर तक अपने घुटनों में सर छिपाये रोता रहता।

ऐसे न जाने कितने मौके आये, कितने ही कष्ट उसने भोगे, कितने ही लालच उसके सामने आये लेकिन ध्रुव नहीं पिघला। यमुना के किनारे मधुवन में मंत्र जाप करता हुआ वह बालक कठिन तपस्या में जुटा रहा।

ध्रुव की लगन देख कर स्वर्गलोक में बैठे विष्णु जी का मन पिघल गया। पिघलना ही था। पांच बरस का नन्हा जो मां का पल्लू पकड़ कर रोने के सिवा कुछ नहीं जानता, वह छः महीने से घने जंगल में भूखा प्यासा

उनका नाम जप रहा था। वह भी सिर्फ़ उनकी गोद में बैठने की इच्छा लिए!!

ध्रुव ध्यान में डूबा हुआ था कि अपने सिर पर किसी के हाथ का स्पर्श पाकर उसने आंखें खोल दीं।

सामने विष्णु जी को खड़ा देख वह चौंक गया। उसने अपनी आंखें मलीं। खुद को चिकोटी काटी।

ध्रुव की मासूमियत देख कर विष्णु जी मुस्कुराए। उन्होंने झुक कर उसे उठाया और अपनी गोद में बैठा लिया।

जंगल में जैसे बहार आ गई। मोर-पपीहे गाने लगे। कलियां फूल बन गई। सारी सृष्टि जैसे बालक ध्रुव को अपनी गोद में बैठाने को आतुर हो गई थी।

ध्रुव की आंखें तो सितारे जैसी चमक उठीं।

विष्णु जी बोले, "मैं तुम्हें वो स्थान देता हूं जिसके चारों ओर सप्तऋषि और सभी नक्षत्र परिक्रमा करेंगे। प्रलयकाल में भी तू सुरक्षित रहेगा। तू ध्रुवलोक का स्वामी होगा।"

ध्रुव ने टिमटिमाती आंखों से विष्णु जी को देखा और हौले से बुदबुदाया, "अब कोई मुझे और मां को अभागा नहीं कहेगा। नहीं कहेगा न प्रभु?"

"नहीं बेटा। सब तुम्हें प्यार करेंगे। पूरा ब्रह्माण्ड।" विष्णु जी ने अपनी बाहें उसके आसपास कस लीं। इतने दिनों पिता के प्यार से वंचित उस बच्चे पर वो सारा स्नेह लुटा देना चाहते थे।

विष्णु जी के प्रसन्न होते ही बालक ध्रुव को सभी देवी देवताओं का आशीर्वाद मिला। ब्रह्मा ने उन्हें ब्रह्माण्ड में स्थिर जगह दी और वो सबका प्यारा ध्रुव तारा कहलाया।

भक्त प्रह्लाद

तेज़ हवाएं चल रही थीं। भयानक आंधी तूफान।

मंदराचल पर्वत ने जैसे धूल की चादर ओढ़ ली थी। जंगली जानवर बेचैन होकर यहां-वहां दौड़ रहे थे। पंछियों ने भी चीख-चीख कर आसमान-ज़मीन एक कर रखा था। लेकिन इन सबसे बेख़बर हिरण्यकश्यपु अपनी तपस्या में लीन था प्रकृति के तांडव से बेख़बर।

बात त्रेता युग की है यानी जिस युग में परशुराम जैसे ऋषि और रामचंद्र जैसे राजा हुए थे। उसी युग में उनके ठीक विपरीत दैत्यों का राजा हिरण्यकश्यपु भी हुआ था। जिसकी तपस्या से तीनों लोकों में हलचल मच गई कि आख़िर इस असुर का प्रयोजन क्या है? क्यों कर रहा है ऐसी कठोर तपस्या? ब्रह्मा की आराधना, सृष्टिकर्ता को प्रसन्न करने का कारण भला क्या हो सकता है?

सभी की चिंता बढ़ने लगी, आख़िर देवताओं के गुरु बृहस्पति ने सोचा कि कुछ तो करना होगा कि इसकी तपस्या भंग हो जाए!

उन्हें एक तरकीब सूझी। उन्होंने एक तोते का रूप धर लिया और उस पेड़ की शाख़ में बैठ गए जिसके नीचे हिरण्यकश्यपु तप कर रहा था।

तोता बने गुरु बृहस्पति ने टें-टें करना शुरू कर दिया, लेकिन हिरण्यकश्यपु का ध्यान न टूटा। आख़िर तोता ज़ोर-ज़ोर से नारायण-नारायण का जाप करने लगा।

हिरण्यकश्यपु का सब्र ख़त्म हो गया और वे ग़ुस्से से भुनभुनाते हुए वापस राजमहल आ गए। उनकी पत्नी कयाधु हैरान रह गई कि गए तो

थे तपस्या करने, फिर लौट कैसे आये? तप इतनी जल्दी पूरा होने से तो रहा।

असुरराज की बेचैनी देख कर वे उनके करीब आईं और बड़े स्नेह से पूछा, "क्या हुआ महाराज? इतनी जल्दी आपका मनोरथ पूरा हो गया क्या?"

हिरण्यकश्यपु बोले, "अरे कहां पूरा हुआ महारानी! मैं तप करने बैठा ही था कि कहीं से एक तोता आकर नारायण-नारायण जपने लगा और मेरा ध्यान भंग हो गया।"

रानी के चेहरे पर मुस्कान खेल गई। खुद को ईश्वर समझने वाले हिरण्यकश्यपु के मुंह से नारायण का नाम तो निकला। वे बोलीं, अरे क्या? क्या हुआ?"

हिरण्यकश्यपु बोले, "तोता नारायण-नारायण जप रहा था।"

रानी कयाधु अपने पति से नारायण नाम सुनकर बड़ी खुश हुईं। उन्होंने सोचा काश मैं ऐसे ही खेल-खेल में राजा से 108 बार नारायण का जाप करवा पाऊं। और बस रानी ने हँसी ठिठोली शुरू कर दी। "क्या बात कर रहे हैं राजा? तोता आख़िर बोल कैसे रहा था?"

हिरण्यकश्यपु हँसते हुए तोते की नक़ल करने लगे, "ऐसे नारायण-नारायण जप रहा था वह "नारायण-नारायण, नारायण-नारायण।"

रानी ने ऐसे ही सवाल जवाब करते हुए राजा से 108 बार नारायण जाप करवा लिया। उस रात रानी के गर्भ में पल रहे बच्चे की आत्मा जन्म से पहले ही नारायणमय हो गई थी और जिसकी वजह खुद हिरण्यकश्यपु बने, जिनके लिए हरिनाम लेना महापाप था।

वह रात रानी के लिए नया सवेरा लेकर आयी थी। उनके गर्भ में प्रह्लाद आये थे। नारायण जाप के बीच गर्भ ठहरा, इसलिए उन्हें विष्णु भक्त तो होना ही था।

रानी खुश थीं कि अब उनका परिवार भी सही रास्ते पर चलेगा। धर्म के रास्ते पर!

क्योंकि हिरण्यकश्यपु तो भगवान् को मानता ही नहीं था। सही राह पर चलने का कोई ख़ास कारण नहीं होता, लेकिन गलत राह पकड़ने की कोई वजह ज़रूर होती है।

कई बरस पहले जब पृथ्वी का उद्धार करने के लिए भगवान् विष्णु वराह रूप में धरती पर आये, तब उन्होंने हिरण्यकश्यपु के भाई हिरण्याक्ष का वध किया था। बस तभी से हिरण्यकश्यपु ने उनसे बैर ले लिया। उनसे ही नहीं बल्कि विष्णु जी को प्रिय लगने वाली सभी शक्तियों, देवी-देवताओं, ऋषि-मुनि, पितर, ब्राह्मण,गायें, वेदों और धर्म से भी बुरी तरह चिढ़ने लगा और उन्हें परेशान करने लगा था।

लेकिन अब रानी कयाधु को विश्वास था कि उनके और दैत्यपुरी के हालात बदल जायेंगे।

लेकिन हिरण्यकश्यपु के मन में क्या था ये रानी कहां जानती थीं!

जल्द ही हिरण्यकश्यपु दुबारा वन की ओर चले गए और ब्रह्मा जी को प्रसन्न करने के लिए कठिन तपस्या में लीन हो गए।

दैत्यपुरी का सिंहासन ख़ाली था। देवता तो ऐसे मौके की ताक में ही बैठे थे। इंद्र ने बिना देर किये हिरण्यकश्यपु के राज्य पर आक्रमण कर दिया।

बिना राजा के सेना कोई युद्ध कैसे जीत सकती थी! सारे दैत्य या तो मारे गए या मैदान छोड़ कर भाग खड़े हुए। देवराज इंद्र ने रानी कयाधु को बंदी बना लिया और अपने साथ स्वर्ग ले जाने लगे।

गर्भवती रानी घबराए मन से नारायण का जाप करती रहीं। अपनी और अपने होने वाले बच्चे की सलामती की प्रार्थना करती रहीं। ये कैसा अनर्थ हो रहा था! अभी तो उम्मीद की एक किरण उन्होंने महसूस भर की थी और अचानक ये सब! रानी की आंखों से आंसू ढुलक आये।

क्या मेरा बच्चा जन्म से पहले ही मार दिया जाएगा? कसूरवार पिता हैं और सज़ा क्या ये मासूम पाएगा?

इन्द्र का वाहन तेज़ी से चला जा रहा था।

तभी हवा से बातें करते ऐरावत के सामने नारद मुनि आ खड़े हुए। मुस्कुराते हुए, नारायण-नारायण का जाप करते हुए।

सच तो था भक्त नारायण को याद करें और वे मदद के लिए हाज़िर न हों। ऐसा कैसे संभव था!

महर्षि को देख कर इंद्र रुक गए। "क्या हुआ महर्षि? आप यहां अचानक कैसे?"

महर्षि नारद बिना लाग-लपेट के बोले, "देवराज रानी कयाधु को छोड़ दीजिये। स्त्री को बंदी बनाना वीरों को शोभा देता है क्या?"

इंद्र बोले, "महर्षि माफ़ करें। मेरा बैर इनसे नहीं। इनके गर्भ में पल रही इनकी संतान से है, जिसकी रगों में दैत्यराज हिरण्यकश्यपु का खून दौड़ रहा है।"

देवर्षि नारद मुस्कुराए, "आपको या देवताओं को इस बच्चे के लिए मन में कड़वाहट पालने की ज़रूरत नहीं है। ये बच्चा बहुत बड़ा नारायण भक्त होगा, जिसका गुणगान सदियों तक गया जाएगा।"

नारद मुनि की बात सुनकर देवराज इन्द्र ने रानी कयाधु की परिक्रमा करके उनके गर्भ को प्रणाम किया और वहां से चले गए।

रानी नारद मुनि के साथ उनके आश्रम आ गईं ,जहां देवर्षि ने उन्हें अपनी पुत्री की तरह प्यार से रखा। वे रानी को भगवत कथा सुनाते, जिसे गर्भ में पल रहा प्रह्लाद भी सुनता रहा।

रानी भी वहां के सात्विक माहौल में खूब खुश थी और यह बिलकुल भूल गई थीं कि हिरण्यकश्यपु जंगल में कठिन तपस्या में लीन थे।

और इस बार कोई उनके तप को भंग नहीं कर पाया। भगवान् ब्रह्मा प्रसन्न हुए।

हिरण्यकश्यपु ने उनसे वरदान मांगा कि भगवान्, "मेरी मृत्यु न आकाश में हो न भूमि पर, न कमरे के भीतर हो, न ही कमरे के बाहर हो, न दिन में हो न रात में, न स्त्री के हाथों हो न पुरुष के, न देवों के हाथ हो, न असुरों के, न मनुष्य के द्वारा हो न पशुओं के,शस्त्रों से भी मेरी मृत्यु न हो।"

वरदान मिलते ही हिरण्यकश्यपु ने देवलोक पर आक्रमण कर दिया। अपनी रानी और नन्हे पुत्र प्रह्लाद को राजमहल में वापस ले आया।

हिरण्यकश्यपु पहले ही दुष्ट बुद्धि था। अब तो उसको वरदान भी मिल चुका था यानी बेखौफ़ हो चुका था। उसने तीनों लोकों को अपने अधीन कर लिया और देवताओं को अपना दास बना लिया। और तो और उसने ये आदेश जारी किया कि अब सब लोग उसकी आराधना करेंगे।

अब आकाश में नारायण नारायण के स्वर की जगह हिरण्याय नमः का मंत्र जाप गूंजने लगा।

कैसा विचित्र राज्य था जहां मंदिरों में देवताओं की जगह हिरण्यकश्यपु की मूर्तियां थीं। राजा भगवान बना बैठा था और प्रजा उसकी आराधना करने को मजबूर थी।

अगर कहीं किसी देवी-देवता की पूजा होती दिखाई देती तो हिरण्यकश्यपु के सैनिक वहां रोड़ा अटकाने पहुंच जाते। लोग भगवान् का नाम लेने से डरने लगे थे।

हिरण्यकश्यपु ने अपने साम्राज्य के हर एक बाशिंदे को डरा कर अपना भक्त बना रखा था, लेकिन उसके अपने महल में उसका अपना बेटा प्रह्लाद सुबह होते ही नारायण नाम जपने लगता। एकदम बेखौफ़ होकर।

राजा को जब ये बात पता चली तो उन्होंने उसको समझाने की खूब कोशिश की। "बेटा बोलो हिरण्याय नमः"

प्रह्लाद आंखें बंद किये किये कहता, 'ॐ नमो नारायण।'

हिरण्यकश्यपु भड़क उठता। "रानी अपने बेटे को समझाइये। मुझे नारायण नाम कहीं सुनाई नहीं देना चाहिए और अगर यह नहीं माना तो मैं सख्त कदम उठाऊंगा।"

रानी सहम कर बेटे को समझातीं। उसके मुंह पर हथेली धर देतीं। लेकिन नारायण नाम प्रह्लाद की ज़ुबान पर ही नहीं था, उसके तो रोम-रोम में नारायण बसे थे। नाम छूटे भी तो कैसे?

आख़िर परेशान होकर राजा ने प्रह्लाद का उपनयन संस्कार करवाया और उसको गुरुकुल भेज दिया। वहां असुरों के आचार्य शुक्राचार्य को ख़ासतौर पर निर्देश दिया कि इसके भीतर से नारायण नाम निकाल दिया जाए।

हिरण्यकश्यपु ने बेटे को भेज तो दिया लेकिन भीतर ही भीतर डरता भी रहा कि कहीं उसका अपना बेटा ही उसके विरोध में न खड़ा हो जाए! कोई और हो तो पूरे ज़ोर से सख्ती से उसका नाश कर सकता है मगर अपने बेटे का! उसे कैसे सज़ा दे पायेगा वो?

कुछ महीने बीतने पर राजा ने प्रह्लाद को राजमहल बुलाया।

गुरुकुल में रहने के कारण प्रह्लाद एक दम दुबले-पतले हो गए थे। धूप में कड़ी मेहनत की वजह से चेहरा झुलस गया था।

रानी भीतर ही भीतर रो पड़ी, लेकिन कुछ कह सकने की हिम्मत उनमें नहीं थी।

राजा ने प्रह्लाद को अपने पास बुलाया। उसको स्नेह से अपनी गोद में बैठाया और रानी से बोले, "जाइए मेरे बेटे के लिए खीर लेकर आइये। आज इसे मैं अपने हाथों से खिलाऊंगा।"

राजा ने चांदी के चम्मच में खीर भरी और बेटे को खिलाते हुए पूछा, "बताओ तो बेटा, गुरुकुल में तुमने क्या सीखा?"

प्रह्लाद ने खीर चाटते हुए कहा, "श्रवणम्, कीर्तनम्, स्मरणम्, पादसेवनम्, अर्चनम्, वंदनम्, दास्यम्, सख्यम्, आत्मनिवेदनम् इन नौ भक्ति मार्गों से भगवान की उपासना की जा सकती है। उन्हें प्रसन्न किया जा सकता है।"

तभी छन्न की आवाज़ से पूरा महल गूंज गया। राजा ने खीर का कटोरा ज़मीन पर फेंक दिया था और प्रह्लाद को कमरे से निकल जाने का आदेश दे डाला।

हिरण्यकश्यपु ने प्रह्लाद को कमरे से ज़रूर निकाल दिया था, लेकिन उसकी आंखों की गंभीरता, उसकी ज़ुबान से निकलता नारायण का नाम, वहीं हिरण्यकश्यपु के आसपास डोल रहा था।

एक बच्चे की ज़िद्द और भक्ति राजा को चिढ़ा रही थी।

उसे लगा अगर प्रह्लाद यूं ही नारायण भक्ति करता रहा और उन्हें भगवान् मानने से इंकार करता रहा तो उनकी प्रजा भी उसकी देखा-देखी करने लगेगी। जब उनका अपना बेटा वश में नहीं रहेगा तो इतने बड़े साम्राज्य को वो कैसे अपने वश में रख सकेगा!

हिरण्यकश्यपु जितना सोचता उतना ही उसका ग़ुस्सा बढ़ता जाता। उसने बहुत कोशिश की कि प्रह्लाद को अपने खाके में ढाल दे। साम-दाम-भेद-दंड सब आज़मा लिए, लेकिन प्रह्लाद के भीतर से नारायण को वे नहीं निकाल पाए।

आख़िर ग़ुस्से में आकर उसने एक कठोर फैसला ले लिया। प्रह्लाद को मरवा डालने का फैसला।

हिरण्यकश्यपु ने रसोइये से कह कर प्रह्लाद के खाने में ज़हर मिलवा दिया।

स्वादिष्ट पकवानों से सजा थाल प्रह्लाद पल भर में चट कर गए। ख़ाली थाली परे सरकाई और नारायण बोलते हुए वहां से उठ गए। कई घंटे बीत गए,लेकिन प्रह्लाद पर ज़हर का कोई असर न हुआ। वे तो हरि गुण गाते-गाते फिर रसोइये के पास पहुंच गए कि, "मुझे और भूख लगी है। खीर पूरी बाक़ी बची है क्या?बड़ी स्वादिष्ट बनी थी।"

जैसा नाम वैसा ही गुण था प्रह्लाद का। खुशी से भरा हुआ,मस्त मगन।

ऐसे ही हिरण्यकश्यपु ने उसे कभी हाथी से कुचलवाने की कोशिश की, तो कभी सांपों से भरे कमरे में फिंकवा दिया, पर प्रह्लाद के पास तो नारायण नाम का सुरक्षा कवच था। वह हर बार बच जाता।

तंग आकर हिरण्यकश्यपु ने अपनी बहन होलिका को बुलवा लिया। वह जानता था कि इस बार प्रह्लाद को कोई नहीं बचा पायेगा।

महल में होलिका को देख रानी का कलेजा दहल गया। वे अपने पति की नियत को अच्छी तरह समझ गई थीं। उन्होंने घबरा कर प्रह्लाद को अपने कक्ष में छिपा लिया।

और प्रह्लाद? वह न जाने कौन सी माटी का बना था! वह मां को ही दिलासा देता रहा।

मां तुम घबराओ मत। बस हरि गुण गाती रह। नारायण सब सम्हाल लेंगे मां, तुम देखना।

फाल्गुन माह की पूर्णिमा थी। आसमान में एक ओर सूरज ढल रहा था और दूसरी ओर चांद उगने की तैयारी में था। धरतीलोक में लकड़ियों के ढेर पर होलिका अपनी गोद में प्रह्लाद को लेकर बैठ गई।

होलिका को तो वरदान मिला हुआ था कि अग्नि उसका कुछ नहीं बिगाड़ सकती। लेकिन प्रह्लाद? वो क्या ज़िन्दा जला दिया जाएगा?

राजा ने पीपे से भर-भर कर लकड़ियों पर घी लुढ़काया और जलती हुई लकड़ी का टुकड़ा उसमें फेंक दिया। इस बार वे कोई कमी नहीं रहने देना चाहते थे।

ख़ुद को ईश्वर समझने की भूल करने वाले हिरण्यकश्यपु के भीतर तो एक साधारण इंसान जैसे गुण भी बाक़ी नहीं थे। घमंड और दुष्टता सर चढ़ कर बोल रही थी।

लकड़ियों का पहाड़ जैसा ढेर धू-धू करके जल रहा था। आग की लपटें आसमान को छू रही थीं। लकड़ियों के चटकने और होलिका के ज़ोर-ज़ोर से हँसने की आवाज़ में प्रह्लाद के गले से निकलने वाली हरी ओम, हरी ओम की आवाज़ धीमी पड़ती जा रही थी।

शहर के बीचों बीच होलिका और प्रह्लाद जल रहे थे। सारे नगरवासी आस-पास जमा थे। सबकी आंखें भीग रही थीं।

धीरे-धीरे आग कम होती गई। चारों ओर फैला धुआं छंटने लगा। लकड़ियों की जगह अब राख का ढेर था। सबकी नज़रें पत्थर हो गईं।

तभी राख के ढेर से अपने कपड़े झाड़ते हुए प्रह्लाद उठ खड़े हुए और अंगड़ाई लेते हुए ज़ोर से बोले, "हरी ओम।" जैसे कोई गहरी नींद से जागे हों।

प्रह्लाद को देख कर रानी और पूरी जनता खुशी से बावरी हो गई। सबने मिलकर ज़ोर से जयकारा लगाया, "हरि ओम। हरि ओम।"

हिरण्यकश्यपु ग़ुस्से से पागल हो गया। वह ज़ोर से चिल्लाया, "बंद करो यह जय-जयकार। मैं तुम्हारा राजा हूं। मैं ईश्वर हूं। मेरी जय-जयकार करो।"

प्रह्लाद मुस्कुराए, "पिताजी आप भी हरिनाम बोलिए। आपके भीतर भी नारायण हैं। सब ओर वही तो हैं।"

हिरण्यकश्यपु ने प्रह्लाद की गर्दन पकड़ ली और चिल्लाये, "कहां है तेरा नारायण? यहां है क्या? "कहते हुए उसने महल का एक खंभा थपथपाया।

पिता की तेज़ पकड़ से प्रह्लाद की सांस रुक रही थी। उन्होंने अटकते हुए "यहां हैं नारायण। यहां भी हैं, इस खंभे में भी।"

ग़ुस्से से हिरण्यकश्यपु ने प्रह्लाद का सर खंभे पर दे मारा।

ज़ोर की आवाज़ हुई और महल का वो मज़बूत खंभा चटक गया। उसके भीतर से एक विचित्र जीव प्रकट हुआ। आधा इंसान और आधा सिंह।

जब-जब धरती पर पाप बढ़ते हैं तब-तब भगवान् अवतार लेकर लोगों को कष्ट से मुक्ति दिलाते हैं। आज भगवान् विष्णु नृसिंह अवतार के रूप में प्रकट हुए थे।

उन्होंने राजदरबार की देहरी पर बैठकर हिरण्यकशिपु को अपनी गोद में उठा लिया और नाखूनों से उसके सीने को चीर कर उसका वध किया।

न दिन थी, न रात का समय था, न आकाश में, न भूमी पर। वध करने वाला न मानव था न पशु, ना कोई अस्त्र था, न शस्त्र।

ब्रह्माजी के वर का किसी भी प्रकार उल्लंघन किए बिना नृसिंह भगवान ने अधर्मी हिरण्यकशिपु का वध कर दिया था। चारों ओर भक्त प्रह्लाद की जय-जयकार के स्वर गूंज रहे थे और प्रह्लाद आंखें मूंदे हरिनाम जपने में मगन था।

ॐ नमोः नारायणाय, ॐ नमोः भगवते वासुदेवाय।

डॉ. छवि निगम का जन्म 2 सितंबर को अलीगढ़ में हुआ। राजनीति शास्त्र में डॉक्टरेट करने के बाद वर्तमान में लखनऊ के एक महाविद्यालय में बतौर सहायक प्रोफेसर अध्यापन कर रही हैं। इसके साथ ही आपका सामाजिक सरोकार के कार्यों में भी सक्रिय योगदान रहा है, जिसके लिए आपको उपाधि एवं सम्मान भी प्राप्त हुए। नीलेश मिसरा जी की मंडली की सदस्य तो हैं ही, साथ ही अभी तक पांच सौ से अधिक कहानियां, कविताएं, लघुकथाएं, हाइकु आदि लिख चुकी हैं, जिनका नियमित प्रसारण व प्रकाशन हुआ करता है।

वृषाली जैन ने आईआईएमसी से पत्रकारिता की शिक्षा ली है। आप कानपुर से हैं। लगातार लेखन करती हैं। रेडियो के लिए कई कहानियां लिख चुकी हैं। फिलहाल सिडनी में 'एसबीएस हिंदी' में काम करती हैं।

शिखा द्विवेदी एक मल्टीनेशनल कंपनी में हिन्दी कॉन्टेंट क्वालिटी लीड हैं। आपको लिखना-पढ़ना और नई-नई जगह घूमने का शौक है। आपकी लिखी कहानियां और आलेख कई पत्र-पत्रिकाओं में प्रकाशित हो चुके हैं।

अनुलता राज नायर एक वरिष्ठ लेखिका और स्लो कॉन्टेंट प्रा. लि. में क्रिएटिव हेड हैं। आप 2014 में नीलेश मिसरा की मंडली से जुड़ीं और विभिन्न शोज़ के लिए साढ़े तीन सौ से अधिक कहानिया लिख चुकी हैं। अब आप मंडली की हेड हैं और लेखकों को मेंटर कर रही हैं। अनुलता नीलेश मिसरा क्रिएटिविटी स्कूल द्वारा आयोजित 'स्लो मास्टर क्लास' की मेंटर हैं।

SLOW IMPRINT

स्लो इंप्रिंट एक हिस्सा है नीलेश मिसरा द्वारा स्थापित "द स्लो मूवमेंट" का, एक अभियान जिसकी कोशिश है कि साफ़-सुथरे कॉन्टेंट, उत्पादों और अनुभवों के माध्यम से अपने सदस्यों को ठहराव, सहजता और मन की शांति दे। नीलेश मिसरा की रेडियो और डिजिटल माध्यमों पर सुनाई गई कहानियां, गाँव कनेक्शन के ज़रिये गाँव से सरोकार बढ़ाना, स्लो बाज़ार के माध्यम से ग्रामीण उत्पादों को शहरी लोगों तक पहुँचाना, स्लो म्यूज़िक के ज़रिये लोक संगीत और लेखन-प्रमुख संगीत को आगे बढ़ाना, इस प्रयास का हिस्सा हैं।

स्लो इंप्रिंट किताबों की एक शृंखला है जो फ़िक्शन और नॉन-फ़िक्शन साहित्य आप तक पहुँचाएगी। इसमें काल्पनिक कहानियां, गीत-कविताएं, साक्षात्कार, यात्रा वृतांत और बाल-साहित्य शामिल होंगे।

नीलेश मिसरा की दुनिया से जुड़ने के लिए स्कैन करें नीचे दिया गया QR कोड

स्लो इंप्रिंट की अन्य किताबें